〜 私らしさを守るための決意 〜

ダイエットはやめた

パク・イスル（チド）著

梁善実 訳

明石書店

過去に私は痩せた体で
幸せな人生を過ごしたいと思っていた。
皆から愛される
ワナビーになりたかった。

しかし私の叶えたい夢が、
ただ「きれいな女性」
一つではないと気がついた。

それよりももっと大きい
かっこいい夢を叶えて
生きていくと決心した。

Prologue

今、この瞬間もダイエットをしている誰かさんへ

午前3時。約束したかのように、いつもこの時間に送られてくるインスタグラムのダイレクトメッセージ。

　「私は、N歳の頃から、強迫症と摂食障害を経験しました。ダイエットをしている今この瞬間に、とても恐怖を感じています。抜け出したいけれど、また太るかと思うと怖くて、ダイエットをしてしまいます。痩せてかわいくなりたいです。でも、とてもつらいです。どうすれば、この地獄のような生活をやめることができますか？　全く面識がないチドさんが、メッセージを読むか分かりませんが、家族と友達にはとても話すことができず、送ってみました。死ぬほどつらいです。」

　このメッセージの主人公は、高校3年生の学生だった。私にメッセージを送る人は様々だ。母と似た年齢層の主婦もいれば、舞踊科の学生もいる。会社員もいれば、医大生もいる。皆同じように、どうすればこの地獄のようなダイエットの輪から抜け出せられるのかもがき、夜中に私に尋ねた。このような場合、私はどのような言葉をかけてあげようかと一日中悩み、夜遅くに慎重に返事した。すると、皆全く同じように返事する。聞いてくれてありがとう、と。解決されたことは何もないけれど、皆自身の話を誰かに打

ち明けたという事実に、少しすっきりしたようだ。

　私は過去、この世で一番の外見至上主義者だった。おかしい話ではあるが、太ったままの私の人生を「偽の人生」と考えていた。ダイエットの後にやってくる幸せな未来と人生を夢見ていた。最もきれいな女性になるために、あまりにも安易に私の体を部分ごとに分けて評価し、摂食障害という崖っぷちにまで自分を追い込んだ。しかし、ダイエットをやめてから、人生が変わった。私はナチュラルサイズモデル（44と88サイズ〔日本ではS~XXLサイズ〕の中間サイズを着るモデル。88サイズ以上を着るプラスサイズモデルとは異なる）であり、ボディポジティブbody positive運動家として、再び生まれ変わったのだ。

　ボディポジティブ。自分の体をありのまま愛し肯定すること。目でそっと笑い優しくかける「ありのままの姿を愛してください。ラブユアセルフ！」という言葉が、実際どんなに残酷なのか、人々は分かるべきだ。私は10年以上もの間、自分の体が嫌いで憎んでいたというのに。未だに重なるお腹の贅肉と大きい太もも、でこぼこしたセルライトが見えるというのに、一日でこの姿を愛しなさいだって？　誰かにとっては、不可能としか言いようがない。

　私にとってボディポジティブとは、自分の体を理解する過程そのものである。私はボディポジティブ運動家ではあ

るが、一方で地下鉄の壁に貼ってある「人生が変わる」と宣伝する美容整形外科の広告を見ると、時に心が揺れてしまう平凡な人でもある。他の人よりも少しだけ早くダイエットの強迫から抜け出し、摂食障害を克服しただけである。それだけだ。

　かつて、私は外見至上主義に加担していた人物であり、夜になると私にメッセージを送る人を苦しめていた潜在的加害者であった。誰かは確実に、私が軽く放った見た目に対する冗談のせいで、一生忘れられない傷を負ったかもしれないからだ。少なくとも、その責任から逃れられるとは思っていない。そのため、私の一生の恥だと思っていた外見の劣等感に対する話を、きちんと説いていこうと思う。劣等感の歴史は長いが、後悔の時間は短い方がいいから。

　この本は、今、この瞬間にもチキンを食べ、一瞬の食欲に耐えられない自身を憎んでいる誰かさんに向けた本である。365日ダイエットに励み、今夏にビキニを着られず寂しい思いをしているあなたに向けた本である。太った自分を否定し、意志が弱いから毎回ダイエットに失敗してしまうと自分を責め、痩せてからこそ真の人生と幸福が始まると強く信じている私たちのための本なのだ。

　「なぜダイエット方法についての本は多いのに、やめる

方法についての本はないのだろう？」

　この本を通して、たった一人でもこの疑問に対する答え
を見つけられたらと思う。完璧な体は、実際に存在する
のだろうか？　今日も社会が作った理想の世界を求めて
彷徨っているあなたにとって、少し休憩できる憩いの場の
ような文になることを願う。

2020年6月
メッセージ箱を閉じながら

読む前にお願いしたいこと

　一つ目、私はボディポジティブを基盤にナチュラルサイズモデルとして活動し、ユーチューブコンテンツを制作しています。しかし、未だに誰かに初めて会うと、「映像よりも痩せていますね？」もしくは「思っていたよりも肉付きがいいですね？」という言葉を耳にします。そこで、皆さんと面白い実験を一つしてみたいと思います。第一印象は、3秒以内に決まるという言葉があります。私の写真とユーチューブチャンネルを探すのは、本を読んだ後にしてください。外見ではなく、本でまず私と出会ってください。皆さんが想像する体重と外見でなかったとしても、私が積み重ねてきた考えと努力、情熱を読み、ボディポジティブに関心を持っていただけたらと思います。

　二つ目、この本はダイエットに失敗したことを弁明するわけではありません。私がダイエットをやめたと話すと、私に「自分が怠けたことをいい話のようにするな」「肥満を合理化するのか？」と言う人がいます。判断は、本を読んだ後にしてください。本で私が伝えたいメッセージは、「ダイエットは社会悪だから、やってはいけません！　禁じるべきです」ということではありません。無理なダイエットをやめることは、ありのままの自分の姿で、自分のための人生を生きる方法の一つと考えていただけたら、それで満足です。

CONTENTS

1

この体重で生きる限り
幸せにはなれない

生まれて初めて私の体を恥ずかしいと感じた。
「私は太っているのか？」という悩みに陥り、
インターネットでダイエット方法を検索した。
私の体はコンプレックスとなり、
一番の短所で隠したい部分となった。
その当時、私はたった11歳だった。
不思議にもその日から、私は「見た目評論」に目覚めた。

「イスル〜、ポーズ〜」

　写真記者だった祖父は、私が幼い頃、よく写真を撮って
くれた。カメラを持ったまま、私にこんなポーズやあんな
ポーズをしてみてと愛情のこもった声で言った。すると私
は片脚を組み、ピースの形をした指を顔によせ、思い切り
ポーズをした。写真を撮るのが好きだったし、ただ楽し
かった。

　小学生になった頃だった。真夜中に親に内緒でテレビを
見ていた時、ケーブルテレビのある番組に視線を奪われた。
オンスタイルのチャンネルで放送していたアメリカのリア
リティ番組『挑戦　スーパーモデル』だった。放送に出演
していたモデル志望者は、決められた撮影コンセプトを自
分なりのスタイルで表現するミッションを遂行するのだが、
その姿がとても不思議だった。審査員が撮影写真を評価す
るシーンではミッション写真のAカットを披露したのだが、
どうすればあのような写真を撮ることができるのかと驚き、
完全に気を取られてしまった。

　ポーズといえばピースしか知らなかった私も、いつか『挑戦　スーパーモデル』の出演者のように写真を撮ってみたいと思った。番組では、モデル志望者がランウェイを歩くシーンもあり、私が応援していた出演者がランウェイを前にバックステージで緊張していると、私も感情移入してどきどきしながらその舞台を一緒に歩いているようだった。その時から、漠然とモデルを夢みていたようだ。

　その時期の私は、小食で食べられない物が多かった。祖母は私の食習慣を心配し、韓方薬を作ってくれた。韓方薬を飲んでからは食べたい物が増え、好き嫌いがほとんどなくなった。特に、ピアノのレッスンに行く途中にある軽食店のワッフルがとても美味しかった。一つ500ウォン（約50円）だったが、いつもちゃっかり1000ウォンを持ち、レッスンに行く時に一つ、家に帰る時に一つ買っては食べていた。食べ物が与える味覚の幸福に浸ったと言えばいいだろうか。そのように、私は祖母の愛と食べる楽しさを感じながら、すくすくと育った。

　そんなある日、私がモデルという夢を準備する前に悲しい事件が起きた。久しぶりに会った近所の大人の衝撃的な挨拶の言葉が発端だった。

　「あら、見ない間になんでこんなに太ったの？」

　顔がまん丸だ、痩せていた子がなぜこのようになってしまったのか、食を少し減らすべきだという言葉まで。大学に行けば、結局痩せるという昔からよく言われる成功を祈る挨拶で、その日の会話は締めくくられたが、ばくばくする心臓はそう簡単に収まらなかった。私は自分の体を隅々までチェックし、どこがどれくらい太ったのか確認した。

　その日以降、意気消沈した私は、モデルになりたいと口にできず、将来モデルになった姿を想像する楽しみもまた失った。

　ある日は、自分の体とモデルの体を比較してみた。高い身長にとても痩せた体。一方で私は背が小さく、そのうえ体が大きくなり始める頃だった。とりあえず、背が伸びて痩せてから、モデルになりたいと言える気がした。この時、生まれて初めて私の体を恥ずかしいと感じた。「私は太っているのか？」という悩みに陥り、インターネットでダイエット方法を検索した。私の体はコンプレックスとなり、一番の短所で隠したい部分となった。その当時、私はたった11歳だった。

　不思議にもその日から、私は「見た目評論」に目覚めた。クラスの友達の体と自分の体を比較し始めた。誰が一番小顔か、誰の太ももが一番細いか、私はクラスで何番目

太っているのか、私が再びあの友達の体型に戻るとしたら何kg減量するべきなのか、一番人気がある友達はどんな顔と体なのか。

　太る一年前までは、クラスの友達と真実ゲームをすると、「イスル、誰々がイスルのこと好きらしいよ」という話が常に出ていた。近所の大人は、私が大人になってミスコリア大会に出たら、絶対に一位になれると言った。なぜ目がこんなにもきれいなのと、うちの近所でイスルが一番かわいいから最も幸せにお嫁にいけると言われたのに、太ってからはいつそう言ったかのように、私に対する視線と評価が変わったのだ。

　誰に会っても常に挨拶の始まりは、私が太ったことに対する驚きからだった（しかしもっと驚くのは、その当時大幅に太ったわけでもなかったという点だ）。私は相変わらず性格も活発で、勉強もできて、発表も上手で、クラスのリレーの選手として走るくらい運動神経もいいのに、人々はまるで人生が終わってしまったかのように「痩せればいい」と慰め、応援した。そして私は「そうですね、ははは。美味しい物が多過ぎて」と笑い過ごす図太さを身につけたが、徐々に人々の視線を気にする日が増していった。

　小学校高学年になると、クラスの友達はおしゃれに関

心を持ち始め、サイワールドのオルチャン（サイワールド CYWORLDとは1999年に開始された韓国最大のSNSサービスであり、サイワールドのオルチャンは美少女・美男子を意味する。現代でいうインフルエンサー）が使っている化粧品と服が流行った。

当時、インターネット小説が大きな人気を集め、女子生徒に幻想を抱かせていた。小説の内容は決まっていた。主人公の男子はいわゆる学校で人気者のイケメンで、主人公の女子は平凡という設定。地味な主人公の女子を、友達があらゆるメイクとかわいい服で変身させるシーンが多かった。変身した姿を見た主人公の男子が主人公の女子に惚れ、まわりの女子からものすごく嫉妬される。

私はインターネット小説を読むたびに、かわいくて人気の学生というタイトルが輝いて見えた。私が小説の中の主人公になるためには、絶対に同じような姿でなければいけないと思った。

このような文化が流行したせいだろうか？　低学年の時は分け隔てなく遊んでいた友達が、いつからかおしゃれの程度を基準にグループが分かれ始めた。おしゃれ組の子は、人気のグループとして集まり、よく「イケてる」子たちと呼ばれていた。

クラスの友達の中でグループが形成され始める頃、隣町

の小学校に通っていた幼馴染が転校して来た。その子は見ない間にとてもかわいくなり、「イケてる」組の一員になっていた。私がおしゃれどころか太ってしまったせいで、その子は私を知らん振りし、私はどうにか何ともないふりをして理解しようとしたが悲しかった。絶対に性格が合ういい友達と思っていたのに、太った見た目のせいで拒絶された気分だった。

　私は確信した。太ってから、人々の私に対する態度が変わったということを。以前にもらっていた関心と人気が好きだったし、また戻りたかった。痩せた体で過ごした時間がもっと長かったので、すぐに戻ると信じていた。しかし期待とは裏腹に、中学校に入学するとと共に私の体は第二次成長期に入り、元に戻れないほど変化し始めた。

　太った姿で中学校に入学すると、徐々にもっと自信が落ちていった。小学生の頃は近所の路地ではしゃぎ、「ギャングスター花嫁」というあだ名までついたのに、一度萎縮すると私の視線は常に地を向いていた。初めて友達と話す時も何を話せばいいのか、どのように反応すればいいのか、全く分からなかった。ただ、頭の中が真っ白になり、行動はぎこちなかった。このように、1年生の時は適応できず、クラスでは少し外れてしまった。

　幸いにも、2年生になり心が通じる友達に出会った。私みたいにぽっちゃりな体型だったが、私とは異なり見た目に対して弱気ではなかった。堂々と自分が言いたいことを言い、やりたいことをやっていた。

　彼女は多くの才能を持っていた。学校の文化祭では特技披露会に志願して舞台にあがり、難しい英語のスピーキングも遂行評価（日本でいう成績評価）で堂々と満点をもらった。その当時、私と大半の友達が思春期を迎えていて、人前に出ることを恥ずかしがっていたと考えると、彼女の行動はとてもかっこよかった。

しかし、平和だった私たちの友情にも亀裂が生じ始めた。その友達は、不良と呼ばれていた子たちの目に留まり嫌われ、いじめられるようになった。当時は、他人と少し異なった行動をすると、いわゆる「でしゃばるやつ」と言われがちで、すぐに嫌われた。まわりの行動や考えに合わせてこそ、平和な学生時代を送れた。しかし彼女は、本人のスタイルらしく、信念を曲げずに行動した。おそらく、その姿が不良組には、憎たらしく見えたようだ。

　クラスの友達の表情から、「あいつはそんなに自信溢れるタイプじゃないのに、何を思ってでしゃばっているのか？」という声が全て出ていた。なぜなら私たちは、かわいくないし、太っているし、おしゃれすら知らないアウトサイダーだったから。

　日が経つにつれ、不良組のいじめはさらに露骨になり、ひどくなった。私たちが聞こえるように嘲笑い、バカにするのは日常だった。ある時は、他の教室での授業が終わり教室に戻ると、彼女の机の上に山積みのごみが置かれてあり、落書きでいっぱいだった。一緒にごみを片付けて新しい机に替え、彼女を慰めた一方で、私が彼らのターゲットになってしまうのではないかと恐れていた。やがて、不良組中心で行われていたいじめは、全校生徒に広がった。誰も私たちと親しくしようしなかった。

　全く同じようにブサイクで太った似た者同士がくっついているという言葉も聞いた。外見に対してはもちろんのこと、私たちの間だけで話していた軽い一言も、からかいや冷やかしの対象となった。ある時から、彼女と私は異なると線を引く私がいた。彼女のせいで私まで被害を受けていると思った。全校生徒に嫌われたくなかったため、私は彼女とは異なり理由もなく堂々とせず、自分の立場を誰よりも理解しているという姿を見せたかった。

　私は、彼女が後ろ指をさされる理由がないと誰よりも分かっていた。だから自分自身が余計に嫌だった。80kgを超えて太ってしまった姿も、友達を好きという私の気持ちも、彼女に原因はないと分かっていることも、全て否定したかった。一日も早く彼女と離れ、多数の群れに入りたかった。

　教室の前の方には、常に鏡がかかっていた。クラスの友達は休み時間になると、鏡の前に集まりメイクを直したりアイロンを使ったり、おしゃべりをした。私もそこに一緒に混じりたかった。しかし、私が鏡の前に行くと、皆心の中で「お前が鏡を見て、何が変わるの?」と思う気がして怖かった。だから、中学校時代は教室の鏡を一度も見たことがない。私の席とたった数メートルしか離れていなかったのに、私には越えられない巨大な壁が立ちはだかってい

るようだった。私は誰かに対する憧れや嫉妬、自虐にまみれた出来損ないの劣等感の塊だった。そのため、壁を越えたくてもこの醜い心がとても重くて、越えられなかった。

　結局、私は友達に絶交を宣言した。遠回しにオブラートに包んで伝えたが、結局「君のせいで私までいじめを受けてつらい。耐え難いから君とはこれ以上、友達になるのは厳しいだろう」という内容だった。彼女は、最後まで私は大丈夫だと笑っているようだった。むしろいつそんなことがあったかのように、何ともないように学校生活を送った。もともと、本人が行動していたように堂々と。

　彼女から離れたら学校生活が少しは変わると思ったが、絶交後も私の生活はそのままだった。クラスの友達は察するのが早かった。私と彼女が絶交した事実をどうやって分かったのか、私が友達を裏切ったXと言い、後ろで悪口を言った。その後も私は、中学校時代ずっと心をゆだねる真の友達に出会えず、無気力に毎日を過ごした。切実に叶えたい夢もなく、望むことがあっても、私が成し遂げられると信じることさえできなかった。ただ、生きているから生きていた。

　私はとても卑怯だった。自らしっかり立っていたならば、友達を守ることができたが、私ですら自分が嫌いで自我が

なかったため、他人の視線と評価に打ち勝てなかった。だから、とても簡単に友達を捨ててしまった。10年が経った今でも、ふとあの時を思い出す。私の気持ちが軽くなるように、私に免罪符を与えようと過去の話をするのではない。おそらく、私は一生、申し訳なさと罪責感を感じて生きていくだろう。ただ、過去の私と似たような状況にあるのならば、他人の評価は重要ではないと、だから私と同じような過ちをしてはいけないと伝えたい。

　私は、外見で人の優位を定めて軽蔑し評価した。その基準に他人だけでなく、自分自身も当てはめた。あっちはかわいくて人気の友達、そして彼女らに憧れる太った私。肩が広いと言うから体を縮め、声が大きいと言うから口を閉じ、ブサイクと言うから鏡を見る勇気すらなかった。太っていると言うから痩せようとしたし、多数が私の友達を気に入らなかったので、友達を見捨ててしまった。心が狭いせいで、自分に対する不信感だけが深まった。

　太ってから、服を買うことは私にとって常に耐え難いものだった。体重が増えるにつれて、洋服店では次第に合う服がなくなっていった。私に似合う服が何か分からず、ただ少しでも痩せて見えるようにブラックを選び、絶対にお尻まで隠れる丈の長さの服を選択した。流行りの服やかわいい服は、全てサイズが小さかった。

　私が初めて屈辱的な思いをした事件は、小学6年生の時に起きた。卒業写真の撮影を控え、全校生徒にミッションが与えられた。担任の先生は、できる限り清潔で人物が映える服を着るようにと言い、私も一生に残る卒業写真をかわいく撮りたかった。そして、母と一緒にショッピングに行った。街のデパートと道端の洋服店を全て回ってみたが、私が気に入った華やかな色のかわいいプリントやレースがついた服は、全てサイズが小さかった。母は、無理やり服を着た私を見て首をかしげた。

　そして、近所で有名な子ども服の店に入った。同様に店員は、最初はあれこれと意欲的に薦めたが、サイズが合わ

ず、男子服はどうかと聞いた。きちんと着れば、このような服も大丈夫だと、女子も十分に着こなせると説得したが、私はその時からすでに泣きたかった。このように渡された服は、群青色にストライプが入ったカラーティーシャツだった。母はそれでもこれが一番マシだと言って買ってくれた。

　結局、私は男子服を着て、一生に一度しかない小学校の卒業写真を撮る羽目になった。いい気分ではなかったが、カメラマンの方が私に笑ってと一生懸命に撮影してくれた姿をありがたく感じ、頑張って笑顔をつくった。

　数ヶ月後、卒業写真をもらった私は、友達と笑いながら一組の写真から一枚ずつ見ていた。その途中、あるページの写真から視線を離すことができなかった。そこには、私と全く同じ服を着た他のクラスの男子生徒の写真があったのだ。その瞬間、顔がかっとなり、どこかに隠れたくなった。よりによってなぜ、私が男子の服を。そうでなくても、顔がパンパンに映って悲しかったのに、これ以上卒業写真を見る勇気が湧かなかった。ただ、消えてしまいたかった。その男子も、いや、全校生徒が絶対に写真を見るはずなのに、男子服を着た私を見て何を思うのかと考えると、心が落ち着かなかった。

　幸いにも、友達は察していない様子だったが、何度か見

ていくうちに気がついてしまいそうで、ずっと顔色を伺っていた。その日は、一日中くよくよし、家に帰って大泣きした（もちろん、今ではメンズ服が楽でよく着ている）。しかし、初めての屈辱によるつらい痛みは、長続きしなかった。

　2000年代初期には、ゆったりとしたストリートファッションが流行っていた。私もまた、他の10代と同じように、流行のストリートファッションにとても関心を持っていた。当時、10代女子の間では、サイワールドのオルチャン、パク・ユンヒさんがロールモデルで、彼女が着用したオーバーシャツ、カーゴパンツ、ニーソックス、厚めのスニーカーなどは、全て人気だった。その中でも、ワイドサイズのカーゴパンツは、全国的に大流行していた。皆がオーバーサイズのカラーティーシャツやフードティーに六から七部丈くらいの長さのカーゴパンツを着ていた。カーゴパンツくらいゆったりしたサイズなら、私にも似合うだろうという希望が見えた。

　このように、私は卒業写真の屈辱をすっかり忘れ、母にねだりにねだって、オンラインショッピングサイトでオード色のカーゴパンツを注文した。ついに、皆と同じく流行りのかわいい服を着られるという期待と幸せを抱き、配達が届くことだけを今日か明日かと待っていた。

　配達の段ボール箱を開けてカーゴパンツをはいた瞬間、あ、これじゃない……と思った。

　カーゴパンツをはいた私の姿は、望んでいたあの「フィット」ではなかった。オルチャンとショッピングサイトのモデル、まわりの友達がはいていたゆったりしたスタイリッシュなフィットではなかった。中途半端な長さとだらんとした感じが、存在感のある足をさらに際立たせた。両親は鏡の前に立つ私の姿を見て、気の毒そうに一言ずつ述べた。

「他人の服を着ているようだね……」
「あら、ふくらはぎがもっと太く見えるじゃない……」

　私はぎこちなく笑ってその場を乗り越えた。しかし心は地獄のようだった。私は自分の体を恥ずかしく思い、この状況から早く抜け出したかった。屈辱的な経験が積もるほど、自身に対する否定と嫌悪感が募り、自分の気持ちを他人に察されたくない一心で、平気なふりをした。

　たまに制服ではなく私服を着る日こそ、まさに憂鬱な日だった。パンツの中にティーシャツを入れて着るスタイルがかっこよく見えたのに、私がそのように着るとお腹が出てパンツのボタンがはずれそうだった。服への関心が高く、

常に海外のストリートファッション、芸能人の私服ファッションを検索し、写真をたくさん保存していた。写真の中のファッションピープルは、皆揃って痩せていた。そして、漠然と私も痩せてこんな風に着よう、いつか私にも服をかっこよく着こなせる日が来るのではと期待した。

　ファッションピープルの写真をしばらくの間ずっと眺めてふと鏡を見ると、私の体のダメな部分だけが目に入った。体を部分ごとに分けて評価してみた。肩が広く見える、背中の贅肉が重なる、太ももがもっと太く見える、こんな服は似合わないだろう、私はいつになったら着られるのだろう……

　あ、ただ、私の身体が問題なのか。太った私が罪人なのだ。服をかっこよく着るのは遠い国の話で、友達のようにかわいい服、流行りの服を着てみたくても、合うサイズを探すのは難しかった。服が私に似合うのかということさえも検討がつかなくなると、服を買う勇気も消えていった。

　徐々にもっと太っていくと、ショッピングを恐れるようになった。「32サイズお願いします」「34サイズお願いします」は、たちまち「36サイズありますか？」に変わり、そのサイズはないと適当に言う店員の態度も気になった。洋服店に入っても、私の体を見ては挨拶すらしない店員の様子に傷ついた。

　中学2年生の時の修学旅行を控え、ある日、友達と高速バスターミナルの地下街にショッピングに行った。すでに私は、私に合う服はないという事実を分かっていた。しかし、友達の輪に入って思い出を作りたくて一緒にショッピングに行き、友達の服を懸命に選んであげた。ある友達が「イスルは服買わないの？」と聞くと、気に入った服がないと言い、一番安い5000ウォンのティーシャツを買って家に帰った。このくらいの価格なら、サイズが合わなくて捨てたり人にあげたりしても、後悔しないと思えた。

　母が私を洋服店に連れて行っても、私は関心がないふりをして、口をじっと閉じていた。関心があって色々選んだのに、結局サイズが合わないという恥ずかしい姿を見せたくなかった。「どのサイズをお探しですか？」という店員の質問に、母が気にせず大きな声で私のサイズを公開するのも嫌だった。だから、次第に私は服を買わなくなった。いや、服を買うことを諦めた。どうせ、似合わなかったりサイズも合わないのに、期待が大きい分失望も大きいから。私はショッピングする代わりに、母の服を勝手に着ていた。10代の子どもが着るには大人っぽい服だったが、それでも母の服の方がマシだと考えた。こんな私の有様がかわいそうで悲しく思えた。

「この体である限り、私に幸せなことはないだろう」

　頭の中は全て、私の体と人生が間違っているという思いでいっぱいになった。鏡に映る私の顔は、見るたびに気に入らず、太くて大きい太ももを見ると憂鬱になった。私の体を見つめると、気に入らないものばかりで、直ちに正しく直すことで、真の私の人生を生きていける気がした。「本当の私」は、贅肉に埋もれていると考えた。

　高校に進学し、新学期を迎える頃、偶然作家キム・スヨン氏の『止まらないで、また夢から書いてみて』を読んだ。著者はKBS（韓国放送公社）『挑戦！　ゴールデンベル』で、職業訓練高校出身で初めてゴールデンベルを鳴らし、大学卒業後、世界最高の投資銀行であるゴールドマン・サックスに就職した能力の持ち主だった。そんなある日、著者は癌の診断を受け、人生に対して真剣に悩み始めたという。この本は、著者が死ぬ前にやってみたい73個のバケットリストを作り、叶えていくストーリーだ。

　話の序盤から著者の幼い頃の暗い話を読んだ時、私と似ているように感じられた。この人は一体、憂鬱な時期をどうやって耐えたのだろうか？ 73個の夢リストを書いたって？　やりたいことが多くて羨ましい。私はやりたいこともないのに。

　最初は、単純な好奇心でページをめくったが、話が進むほど目を離せなくなった。著者が多様な夢に挑戦し成し遂げる姿を見て、胸がどきどきした。この人もできたのだから、私にもできるのでは？　結局、なんでもやってみなけ

れば分からない、成功しようが失敗しようが、とりあえず
やってみたら分かるという一言が胸にぐっときて涙が出た。
とりあえずバケットリストから書いてみたいと思い、ノー
トに私が何をしたいのか一晩中書いてみた。

　一つ、ダイエットに成功すること。最初に書いたバケッ
トリストはダイエットだった。何をするにも、とりあえず
痩せた体は必須と考えた。ダイエットをして、過去のかわ
いかった自分の姿を取り戻し、堂々と生きたかった。目標
は48kg！
　二つ、ベストセラー作家になる。作文コンクールで賞を
よくもらっていた小学生の頃を思い出した。詩と文が好き
なので、いつか私が書いた文で本を出し、ベストセラー作
家になれたらとても良さそうだった。
　三つ、学校の生徒会に挑戦する。中学校の頃、かっこい
いと思っていた友達が数人いて、その中に生徒会に入って
いた友達がいた。友達や先生まで、皆から支持と愛情をも
らう姿、堂々とはきはき演説する姿がかっこよく見えた。
考えてみると、私もそのようになりたいと思っていること
に気がついた。
　四つ、奥地へ旅行に行く。作家キム・スヨン氏の影響が
とても大きかった。私もせっかく生まれてきたのだから、

一度くらいはヒマラヤのような奥地へ旅行に行くべきだと思い、生きていればいつかできそうだと思った。

　その他にも、バンジージャンプ、自力で海外旅行に行く、大勢の前で講演をする、作家キム・スヨン氏に会う、広告出演、入試で満点を取る、東方神起に会う、月に行くなど、今まで心の中で留まっていた何かが解放されたかのように、私の手は次々と私が願うことを書いた。他に、私がやってみたかったことで何があるか悩んでいた中、さすがにできるだろうか躊躇しながら、あることを書いた。

　「五つ、モデルのアルバイトをする」

　ファッション業界が要求するハイファッションモデルの基準は、とても明確だった。私の背は170cmにも至らないというのに！　考えることすらできない！　モデルになるとは書けなかった。このくらいなら大丈夫だろうという思いで、モデルの「アルバイト」をやってみたいと控えめに書いた。
　バケットリストを全て書き終えると、胸がいっぱいになった。私は今までやりたいことがなかったわけではないと安心できた。ただ、自らできると信じられず、そもそも

夢を諦めた状態にあったと気がついた。ただ過ぎ去った中学生の頃とは異なり、後悔のない高校生活を送りたかった。だから、勇気を出すことにした。

　中学校3年間を憂鬱に過ごしたため、私のことをよく知らない人がいる場所で、人生を新しく始めたかった。高校進学は、その希望を叶えるためにとてもふさわしかった。ほとんどの中学の同級生は、卒業後、お互い離れることを残念がったが、私はせいせいしていた。「でしゃばっている」という言葉で印象づいた私の中学時代に、もうお別れするのだ。

　仮に、高校でも「でしゃばっている」と愚痴を言われても、勇気を出すことにした。かつて、友達にどのように話しかけるか悩んでいるだけで躊躇していると、陰でいじめられてしまった。友達が私をどう思っているか初めから怖れず、気にしないことにした。緊張せず、気楽な姿で飾りもせず、高校で新しい友達に歩み寄ると、私を面白いと言い親しくなりたいと言ってくれた友達と仲良くなった。

　高校生活が楽しくなると、もう少し積極的に学校生活を送ってみたくなった。学校の掲示板には、時々、校内活動のチラシが貼り出されていて、私は掲示板を覗いては面白そうな活動に応募した。その中に、海外探訪があった。「英語を話せないのに」「一度も行ったことないのに」「一

緒に行く友達がいないのに」と心配する消極的な態度を捨
てた。

　海外探訪メンバーに選抜され、2週間カザフスタンに
行って来たおかげか、私は先生たちの推薦で学校の代表に
選ばれ、多様な校外プログラムに参加できた。勇気を出し
ただけなのに、半信半疑の気持ちで書いたバケットリスト
が一つずつ叶っていった。2年生の頃は、堂々と生徒会長
の選挙に志願した。すると、先生から褒められ、クラスの
友達はかっこいいと励ましてくれた。勇気を出したおかげ
だろうか？　皆、私を信じて支えてくれて、私は生徒副会
長になれた。高校生活の間、勇気は私を成長させた。

　しかし、叶えるのが簡単ではないバケットリストが一つ
あった。まさにダイエットに成功すること。活動量が増え
たせいか、中学生の時よりは痩せたが、相変わらず私は
太っていた。ダイエットに励もうとすると名門大学に入学
するという目標が揺れ、座って勉強ばかりすると、太もも
とおしりに集中的に肉がついた。だから、諦めずにいくつ
かのダイエットに挑んだ。

　学業に支障をきたさない程度にダイエットを並行したかった。そして、一度は半食ダイエットに挑戦した。

　健康的ではないダイエット方法と分かっていたが、絶対にやらざるを得ない出来事があった。高校１年の頃から親しかった友達が、ある時からさつまいもを持参し始めたのだ。彼女は私と似たようにぽっちゃりとしていたのに、突然さつまいもでワンフードダイエット（一種類の食べ物だけを食べ続けるダイエット方法）をすると言ったのだ。部活の部長を任されて以降、素敵な女部長として新入生をたくさん招きたいというのがその理由だった。

　彼女は、給食すら全く食べず、何週間もさつまいもで耐えた。一日にさつまいもを多ければ三つ、少なければ一つだけ食べて、徐々に痩せていく姿を見ると、私も焦り始めた。似たような境遇にあった友達が痩せた姿を見て、妬む時もあった。私は心の中で「食べずに痩せるとすぐにリバウンドする」とどうにか正当化した。ワンフードダイエットより、それでもまだ健康的だと思い選択した方法が、まさに半食ダイエットだった。

　半食ダイエットは、一日に食べていた量の半分だけを食べる一種の食事コントロールダイエットで、この方法ならリバウンドがなさそうだった。何よりも、朝から夜の自習時間まで、学校でほとんどの時間を過ごす私にもできそうだった。常に給食の献立表を机の引き出しに入れ（美味しい献立の日には、蛍光ペンで丸をしていた）、学校に到着するやいなや、その日の給食献立は何かと探ることが小さな楽しみだったが、普段の半分だけ食べればすぐに大きな効果を見られる気がした。

　その当時、私は給食を食べるイツメンと一緒に、夕食を食べていた。私たちの目標は「美味しいメニューをいっぱい食べる」と明確で、行動は用意周到だった。

　私たちは給食をもらう時、栄養士の先生にそっと挨拶をし、食堂をよく訪問して親交を深めた。そして、夕食の時間になると、一度配食されたご飯をできるだけゆっくり食べ、他の友達が全部食べ終わるまで待った。その後、食堂に私たちだけ残ると配食台に駆けつけ、残った美味しいご飯を山のように積み、がっつり食べ尽くした。給食だけが私たちの幸せであり、勉強で疲れた自分に与える安らぎだった。

　しかし、半食ダイエットを始めると、全ての美味しいメニューを石のようにみなさなければならなかった。何より

も、特別メニューが出る水曜日は、食欲を抑えるのが困難
だった。私が好きなトンカツ、スパゲッティ、豚肉炒めが
出るのに、半分だけしか食べられないなんてとてもストレ
スだった。

　ダイエット期間中、昼食と夕食をちゃんと食べずにいる
と、夜間自習の時間には、常にお腹がぐるぐると鳴ってい
た。時には、空腹に耐えられず夜食を食べたりもした。

　勉強も思うようにいかずストレスを受けるというのに、
ここにダイエットの悩みまで加わると、これは不可能だと
思った。大きい効果を見ることもなく、ストレスだけを受
け、ただ時間だけが過ぎていった。決断を下さなければな
らなかった。

　「大学に行ったら痩せると言っていた。その時にもっと
努力して一生懸命ダイエットしてみよう！」

　二歩前進のための一歩後退戦略だった。私が夢見ていた
かわいい女子高生の姿で、生き生きとした学生生活を過ご
すことは、諦めざるを得なかったが、それよりは未来につ
いてもっと考えた。大学入試という一大事を目の前にして
いるため、ダイエットを少し遅らせただけであり、決して
忘れたわけではないと心を入れ替えた。

　バケットリストにより私の高校生活は変わり、徐々に目標に近づいているため、残ったのはきれいになることだけだった。大学に合格しダイエットに成功したら、もっと完璧でかっこいい人生がやってくるだろう。毎晩、希望に満ち溢れる想像をしながら眠りについた。

　ダイエットを少し遅らせ、勉強に専念したおかげか、志望していた大学に合格した。入学式を控えた2月には、入学前の新入生の間でオン・オフラインの交流会が多様に行われた。私は、あるオンラインの交流会で知り合った男子とフェイスブックでやりとりをするようになった。話がよく合い考えも似ていたので、好感を寄せていた中、新入生同士で行く合宿で運命のように同じグループになった。

　出発場所は学生会館前の広場。どきどきする気持ちでネームカードを受け取り、私が属するグループの所に向かった。そこにはすでに到着した友達がいて、その中で私とやりとりしていた男子が誰か懸命に探した。そして、やってきた自己紹介の時間。私は慎重に自己紹介をし、続けてある男子学生が自己紹介をした。

　「こんにちは。僕は〇〇〇学科13番　〇〇〇です。」

　君がまさにあの子だったのか！　私たちは約束でもしたかのように目を合わせて笑い、話さなくてもお互いが誰か

分かった。陳腐だが、私はその瞬間の感情を恋に落ちたという表現でしか説明できない。恋愛小説に出てくる言葉をやっと理解できた。恋に落ちる瞬間、時間がゆっくりと流れるという言葉も、周辺の騒音が聞こえずただ相手の声だけが聞こえるという言葉も、全て感じることができた。その後、私たちは交際するようになった。

　私は学科生活も、あんなに好きだった対外活動もやりたくなかった。彼氏と島のようにまわりから離れ、二人だけで過ごしたかった。彼氏はイケメンで思いやりが強い性格もあってか、学科の同期や先輩に誘われていた。彼氏を好きな気持ちは大きかったが、彼氏が人気があるせいか複雑な心情だった。私は彼氏と比べ平凡で、相変わらず太っていたから。

　彼氏が私に「きれい」「かわいい」と言っても、私は全くそのように感じられなかった。彼氏が私を好きだと、私とずっと付き合いたいと言っても、信じられなかった。むしろ、私をなぜ好きなのか理解できなかった。その時から、不幸が始まったようだった。

　広いキャンパスを毎日歩き通うと、一学期の終わりには驚くことに体重が59kgまで落ち、体重の十の位の数字が変わった。しかし、相変わらず私の目には太って見えた

し、もっときれいになって、彼氏が私をもっと好きになる
ようにしたかった。同期の中で最も親しかった友達は、学
部でかわいいと噂になっていた子だった。彼女にメイクと
ファッション、コテの方法まで習った。

　私はアルバイトで稼いだお金を、全てデートとショッピ
ングに費やした。以前とは異なり、合うサイズの服が増え
て嬉しかったが、未だに着用した姿は気に入らなかった。
服に私の体を入れ込むのに必死で、いつもダイエットのこ
とばかり考えていた。そして、学校の勉強を疎かにし、ダ
イエットする方法だけを一生懸命に研究した。最小限の努
力で大幅に痩せる方法は何があるか、私が悩んでいる部位
の肉はなぜついてしまうのか、どうすれば痩せても胸の大
きさを維持できるのか、停滞期とリバウンドはどうやって
乗り越えるのかなど、数多くの理論をノートにぎっしりと
書いた。幸いにも、努力は私を裏切らなかった。ある日、
彼氏は人々が私について言っていたことを聞かせてくれた。

　「イスル〜学科の同期がイスルのこと雰囲気美人だっ
て。」

　この一言がとても嬉しくて、彼氏にふさわしい人になっ
たようだった。たとえ中高生時代は、気に入らない姿で過

ごしたとしても、今になってようやく私の存在を認められた気分だった。彼氏が私の気分をよくしようと無理に放つ言葉ではなく、まわりから聞いた話を自然に話してくれるたびに満足した。たとえ59kgのぽっちゃりな体のままであり、目標である40kg台の体重でないとしても、甘い評価を耳にすると嬉しかった。

　その後、私は彼氏に「私かわいい？　どのくらいかわいい？」「で、友達はなんて言っていた？　私どうだって？」「夜更かし後だから少しやつれていたけど、変わりなかったって？」のような見た目の評価について質問し確認していた。もっと努力すればもっとたくさん認められ、いい評価をもらえるような気がした。見た目の評価が高ければ、私の価値があがると考えた。

　体重が59kgまで減ったついでに、もっと早く痩せたいと思い、よく食事を抜いた。不思議にも、彼氏を見るとお腹が空かなかった。いつからか生理不順になったが、ストレスを多く受けているせいだと気にしなかった。

　ある日は、学校に行く地下鉄の中で倒れたこともあった。呼吸がうまくできず、胃の調子が悪く、目の前が暗くなり、全身の力が抜け、そのまま座っていた。医者は、起立性低血圧と言った。きちんと食べ、健康を管理するしか方法が

ないと言った。しかし健康なんて気にしなかった。若いからすぐに回復するだろうとあまり心配しなかった。頭の中では「どうすればもっと痩せられるだろうか」という悩みでいっぱいだった。

　その後も、地下鉄で何回か倒れた。まわりの助けをもらい7号線と2号線間のほとんどの駅事務室を訪問することになった。日が経つにつれ健康状態は悪化したが、徐々に細くなる足首に満足し、はっきりと現れる鎖骨が私を幸せにした。このように、見た目はどんどん華奢で清純になっていったが、なぜか心は空っぽだった。

　彼氏には何も言わず、素振りも見せなかったが、私はデートの後、帰宅すると憂鬱な考えに陥りよく泣いた。「ある日突然、別れを告げられたら？」「私に飽きて嫌になったと言ってきたら？」「もっときれいな女と恋に落ちて、私が捨てられたら？」あらゆる否定的な状況を思い浮かべて、自分自身を追い詰めた。どうしても幸せな未来を描けなかった。彼氏と私がハッピーエンドに到達するまで、遠く険しい道を耐えなければいけないようだった。彼氏ほど私を愛してくれる人に出会えなさそうだったし、だからこそ彼氏がいつか私から離れてしまうかもしれないという不安を抱いて生きていた。

　私の初めての恋愛は、不器用で甘かったが、それくらい

つらくもあった。私の人生には実際、自分は存在していなかった。私自身を愛する方法が分からず、自尊心が低かった。彼氏からの愛で、それらを代わりに埋めていた。自身を愛する方法さえも分からない人が、どうやって誰かに安定的な愛を注ぐことができるだろうか？　今考えてみるととても当たり前の結果だが、結局、健全でない愛は終わりも健全ではなかった。

　彼氏と別れてから、何ヶ月もの間、彷徨っていた。私にきれい、かわいい、愛していると毎日言ってくれた人が一日で去ってしまうと、その空席がより大きく感じられた。焦りもあり不安定な日常を埋めようと、誰よりも一生懸命に人々と会ってみたが、うまくいかなかった。そのたびに私は、自分の見た目が十分ではないからそうなんだと被害意識に覆われた。全てマイナスな状況の結論を外見のせいにした。

　彼氏との恋愛にオールインし大学生活の半分を過ごしてみると、夢も、愛も、人間関係も、思い通りに成し遂げたものがなかった。私は不幸な生活の原因を私の体のせいだと結論づけた。太ってから私の人生が崩れ始め、贅肉のせいで私の将来が塞がれているようだった。

2

かわいくなって痩せたかった

指を喉の奥深くに突っ込んだ。

すると、体がすぐに反応した。

喉を遡る何かに心地悪さを感じながらもほっとした。

驚くほど鳴っていた心臓は、

一回、二回と指を突っ込むたびに、

ゆっくりと静まった。

奇妙なほど、この状況が怖くも何ともなかった。

むしろ、今日は太らないで済むという思いに解放感を覚えた。

　失恋の傷でめちゃくちゃになった大学2年生の二学期。気がつくといつの間にか、大学生活の半分が過ぎていた。恋愛にオールインしたせいで、私に残ったものは何もなかった。対外活動も勉強も全部後回しにしたため、成し遂げたものがないのは当然の結果だった（しかも貯めたお金さえもなかった）。20歳の思い出も、21歳の経験と挑戦もないまま、2年がまるまる飛んでしまったような気がした。最終的にまた太り始めた。

　悩みがあまりにも多くなると、年末には逃げるように叔父さんと伯母さんがいる上海へ飛び立った。叔父さんと伯母さんは、十数年間の中国生活で知るようになった現地の名店に私を連れて行った。私は脂っこくて美味しい中国料理を食べるのに忙しく、叔父さんはよく食べる私を見ては喜び、食べさせるのに忙しかった。

　伯母さんは、わびしい時に姪が来て嬉しかったのか、ビールを箱で買っていた。二人の愛情を独占し、遊びたいだけ遊んだ私は、いつの間にかまるまる太ってしまった体と向き合う羽目になった。私の計画は、上海で新年を迎え

再出発をするはずだったのに、また贅肉との戦争が始まったのだ。

　韓国に帰った後、私は63ビルディング（ソウルの汝矣島にある超高層ビル）の最上階の記念品ショップでアルバイトをした。残された夏休みの間、お金を稼ぎながら上海で身についた贅肉を落とすという計画だった。

　人生が計画通りに動くなら、どんなにいいだろうか？残念ながら、アルバイト先の会社の社内食堂は最高だった。ランチメニューは二種類のコースに分かれていて、それぞれコースの中も美味しいメニューでいっぱいだった。配食も食べたい分だけたくさんもらい、一度に二つのコースを食べることもできた。

　8時間立って記念品を売るアルバイトは、思ったよりもきつかった。アルバイトで体と心が疲れるたびに、食べ物の誘惑はいつもより強く感じられた。食事を調節して食べようと決心すると、むしろもっと食べたいという気持ちが強くなった。結局、痩せるどころかむしろ太ってしまうという想像もしたくないことが起きてしまった。食べ物一つで気分が左右される自分自身を理解できなかった。

　結局、元通り。意地と努力もないままダイエットが三日坊主で終わってしまう自分に失望した。不思議なことに、他のことは情熱的にうまく挑戦できたのに、食べ物の

前では意志が弱くなってしまう自分の有様に呆れてしまった。計画をちゃんと立てたのに、計画通りに実行するだけで成功しそうだったのに、毎回思いもよらないことが起こり、私の計画を邪魔している気がした。一瞬、ある考えが頭の中をよぎった。もし、この環境から抜け出して、全てを私がコントロールできるとするならば？

　もう私には、勉強する義務がある入試もなければ、卒業も少し遠い先のことだった。もし、私を自由にコントロールできる時間ができるとするならば？　その瞬間、私ができる全ての計画が思い浮かび始めた。人々が資格の勉強をする時、学費を稼ぐ時、バックパックに行く時に使うというあのチャンス。休学することにした。

　実は、私の意志が弱過ぎる気がして、誰かが私を管理してくれたらと願っていた時期があった。ちょうど流行っていたダイエットプログラムがあったのだが、ヘルストレーナーがダイエット体験談を募集し減量を手伝い、ビフォー&アフターの写真を撮って人々に見せるというプログラムだった。私もダイエットのビフォー写真を撮り、プログラムに申請した。私の目には、ビフォー写真がとても恐ろしく太って見えたが、不思議なことに合格のお知らせをもらえなかった。

　さらには、曖昧で中途半端に太った体では、ダイエットプログラムにも合格できないと私の体を責めた。自分の状況に徐々に疲れうんざりしたが、休学をするとなればなぜか可能な気がした。

　この世でダイエットのために休学を決める人は誰一人いないと思ったが、考えてみるとありえないことでもなかった。痩せさえすれば、私の人生はもっと順調だった。ダイエットは、私が一生やるべき宿題のようだったが、一定の期間に集中して終えようと決心した。今まで行ったとても

長い戦争の終わりを見るときが、今だと考えた。今回は絶
対に放棄せず食欲もちゃんと我慢して、ダイエットに成功
すると心に決めた。私の人生最後のダイエットになるだろ
うという思いで燃えていた。

　すでに頭の中には、ダイエットに成功する私の姿が描か
れていた。かっこいいスタイルでビキニを着て、プールを
歩く姿。想像の中では、そんな私を見て、ある人は恋に落
ちる眼差しを送り、ある人は嫉妬深い視線を送った（その
当時の私は、他人の視線に渇望していたようだ）。

　「私は胸も大きく骨盤も広い方だから、痩せさえすれば
完璧なスタイルになれる。その時は、ミニスカートもはい
て露出が激しい服も好きなだけ着て出歩かなきゃ。こんな
体は元々、がっつり隠すよりも少し見せても大丈夫。注目
を少し浴びるからってなに。それが性的対象化だって？
異性にセクシーに見せることがなんだっていうの。性的ア
ピールをできるのはいいことじゃない？　ありのままの自
分を愛する方法の中の一つでしょ！」

　今考えれば怖ろしいほど恥ずかしいが、当時の私は正直、
このように考えていた。一気に痩せた姿で復学したら、ど
うなるか想像した。きれいになって現れたら「新学期の女

神」と呼ばれるらしいが、私もその新学期の女神になりたかった。同期がびっくりして見つめるその日が楽しみで、早く痩せたかった。

　結局、休学届を出した。しかし、両親にダイエットのために休学するだなんてとても言えなかった。絶対に。先に、比較的説得しやすい母に、まずそうっと休学に対する考えを聞いてみた。「自分にとって必要なら休学する場合もあるんじゃないの」と思ったよりも肯定的な反応。すぐにそそのかした。実は外国へ交換留学に行きたいが、トフルの点数が必要らしい。でも私は英語が弱いため、勉強して交換留学プログラムの準備もしながら一学期くらい休学したいと。

　一瞬、母の顔には悩みの表情が浮かんだが、私はすぐに念を押した。私はできると、もっと広い世界を見てみたいと、もっと多くの経験をしてみたいと哀願する眼差しを送った。すると母は、すぐに承諾してくれた。

　しかし、問題は父を説得することだった。初めに母と話してみて、父は何を言っても反対しそうだから、休学届を出した後に交換留学に行きたくてそうしたと、後で鞭を打たれる方法で意見がまとまった。

　このように、しでかしてしまった。予想通り、事件の顛末を知った父は激怒した。なぜ相談もなくこのように裏切

れるのかとひどく怒った。その後6ヶ月間、父と冷戦状態
が続き会話をできなかった。

　ダイエットをするという私の意志は、それくらい強かっ
た。この程度の強い意志なら、何をしても着実に貫き通せ
ると思った。家族も勉強も嘘も、相変わらず眼中になかっ
た。ただ、私はダイエットだけを考えていた。

　この世は広く、ダイエット方法はたくさんある！　ダイエットに切迫した20歳の頃、私は運動で痩せるために近所のボクシングジムに入会した。ボクシングのレッスン初日、コーチは私にグローブを渡さなかった。代わりに、カーンカーンとなる鐘の音に合わせて、縄跳びと全身運動をさせ、まるで事前合宿の訓練を受けているようだった。

　休まずに、ずっと大きな動作を続けなければならず、レッスンが終わる頃には全身が汗でびっしょりで、足はガクガクした。へとへとな状態でとぼとぼと家に帰る途中、必ず通らなければいけない大きな丘を目の前にした。毎日通っている所なのに、その日に限ってなぜあんなにも巨大に見えるのだろうか。全ての力を振り絞り、私はようやく丘を登った。

　結局、鬱憤が爆発した。なぜ初日からこんなにつらい思いをして運動をしなければいけないのか、ついていけない私の体力が問題なのか、ただ痩せたいだけなのになぜこんなにもつらいのか……。自分の境遇に悲しくなり涙が出た。そうして私は弟にボクシング利用券を譲り、運動から遠ざ

かった。地獄のような経験のせいか、その日以降、可能な限り運動をせずに痩せたいと思った。

　休学をした後も、私の関心はただ最大限運動をせず、早く痩せることだった。ダイエット進路を決めると指が忙しくなった。まず始めに、インターネット検索ボックスで「2週間で5kg落とす方法」「1ヶ月で10kg落とす方法」と検索した。

　「(ポイント100) 急ぎです!!すぐ新学期を迎えますが、2週間で5kg落とす方法を教えてください。」

　皆人生全く同じで、人の心も似たり寄ったりなのだろうか?　私の心をコピー(ctrl+c) ペースト (ctrl+v) したような文で溢れていた。その中で、最も心が惹かれ頼りになりそうな文をクリックした。

　「豆乳ダイエットをおすすめします。2週間、豆乳を3パックだけ飲んで耐えればいいです。短期間で効果が現れます。」

　「デトックスをやってみてください。下記の番号に連絡してくれれば、ぴったりのダイエットデトックススムー

ジーを教えます。」

　食べ物の種類が変わっただけで、結局食べる量を減らすパターンは同じだった。ふと、中高生の頃、かたくなに食事を抜くダイエットだけをやっていた自分を思い出した。当時、運動をして痩せたかったが、勉強するだけでも時間が足りなかった。運動か勉強か熱心に悩んだ末、勉強を選択したため、食事を抜く以外にダイエット方法がなかった。受験生の頃には、ストレスを暴食で解決する習慣ができた。大学に行ったら痩せてきれいになるというありきたりな嘘を信じるしかなかった。

　ともかく、私は今まで、食べる量だけを調節してダイエットに成功したことは、一度もなかった。やるせない気持ちでサイトをずっとスクロールしていると、誰かが書いた文が目に留まった。

　「定番のダイエットがいいですよ。食事を抜いてダイエット薬を飲んで急いで落とすと、結局リバウンドがやってきます。」

　そう、休学までして決心したダイエットではないか。今回だけは失敗せずに、自分との戦いで勝利したかった。欲

張らず定番の健康的なダイエットをするべきと思った。一年という時間があるため、何かできないだろうか。新たな気持ちでまたインターネット検索ボックスに入力した。

　「定番のダイエット方法」

　とても多様な方法がウェブページに現れた。その中でも「女性も筋トレをやるべき理由」という文をクリックした。文の内容はこうだった。女性が筋トレをすると、ボディービルダーのようなモリモリな筋肉がつくと誤解されているが、女性は筋肉がそう簡単につかないため、心配しなくてもいいとのこと。運動には順序があるため、絶対に筋トレを一緒に行えということだった。

　この文を通して、定番のダイエットに必要な運動順序を学んだ。準備運動20分、筋力運動1時間、有酸素運動1時間、ストレッチ20分。いざ定番のダイエットを始める私にとって、このようなルーティンは正直、とても負担に思えた。だから私は、この険しいホームトレーニングに翼を与えてくれる数名の先生にお世話になることにした。

　下半身ストレッチの伝説と呼ばれるゴッドハナ（カン・ハナ）先生、ダイエットビデオ界の偉大な母であるイ・ソラ先生とオク・チュヒョン先生。先生の中には、外国人も

いた。ヒップアップ運動の専門家キャシー先生、国内に「マイリーサイラスのセクシーレッグ」熱風を巻き起こしたレベッカ・ルイズ先生まで。私はそのようにして、ホームトレーニングに入門した。

「3秒だけもっと行います。息を吸って吐いて。ふ〜、呼吸が重要です。」

　動画で先生たちが秒数を数える時は、時間がこの世で一番ゆっくりと流れた。絶対にあと3秒だけと言ったのに、先生たちはお互い事前に話を合わせかのようにこう言った。

「さあ、あと10セットやりますよ。」

　そんな！　動画を消したいと思ったのは、一度や二度ではない。最初は全ての動きに追いつくのが本当に難しかった。日が経つと、先生のタイミングに合わせ、うまく姿勢をとれるようになったが、運動するという感じよりも動作に早く追いつくのに忙しく、正確な姿勢をとれなかった。姿勢をとれないため、筋肉に刺激がいっていない気がした。運動効果も疑わしかった。時間にいくら投資しても効果がなければ、意味のない努力になるだけだった。

　ホームトレーニングをしてから2週目に突入したある日、

私はもっとしっかりと運動する方法はないかと悩んだ。そんな私の目に、運命のようにジムのアルバイト募集が入った。

　実は、定番のダイエットをすると決心してからパーソナルトレーニングを受けてみたかったが、私は勉強すると言い親を騙して休学した良心のない大学生だった。親にどうしてもジムに行きたいとは言えなかった。だからといって、ダイエットをいい加減にできなかったため、他の方法が必要だった。そんな私にとって、ジムのアルバイトは最適な仕事だった。面接はあまり難しくなかった。面接に合格後、私の新しいダイエットライフが始まった。

　ジムでの私の役割は、オープン時間に合わせて営業を始める仕事だった。ジムは朝6時頃に開いたため、私は朝4時に起きてシャワーして準備した後、お昼のお弁当を持って家を出た。生まれてから今まで、こんな朝早くに起きる生活は初めてだった。夜型人間ということも、低血圧だから朝起きるのがつらいという言い訳にも全て打ち勝ち、もくもくとアルバイトをした。それくらいダイエットをしなければならないという意志が強かった。

　寝る時間がなくて疲れていても平気だった。トレーナーは優しく、アルバイトが終わるとジムで運動をできる特典

もあった。見よう見まねで運動を習えたし、望めばトレーナーから少しアドバイスももらえた。

　午後3時にアルバイトが終わると、私は服を着替えて運動をした。運動器具に不慣れだったが、少しずつ手伝ってもらい、使い方に慣れていった。しかし、私はアルバイト初日から気づいてしまった。ジムでの運動は、私に合わないということを。

　室内は息苦しく、ダンベルを持って同じ動作を10回、20回ずつ反復するのにうんざりした。かっこよくもなくつまらないだけの筋トレは、文字通り拷問だった。鏡に映った自分の姿が気の毒だった。筋トレも試験勉強のように一夜漬けでできるなら、どんなにいいだろうか！

　その中でも、有酸素運動ならそれでもまだやりがいがあった。ランニングマシーンを歩く時だけは雑念が消えた。痩せた後の幸せな私の姿を想像したりもした。想像の中で、人々は私を見て驚いた。羨ましさと愛情溢れる目で私を見つめ賞賛した。私が片想いしていた人も私を好きになり、きれいになった私に多くの機会ができた。とても甘い想像だった。だから私は、絶対にやめられなかった。幸せになりたかったから。

　運動を始めて1週間後、体重を測ってみると1kg落ちて

いた。期待よりは少なかったが、悪くない数値だった。このように一ヶ月続けたら4kg落とせるので、その通りにうまくできていると考えた。

2週目になり、再び体重を測ってみた。あれ？！ 体重が0.5kg落ちていた。先週よりもっと一生懸命に運動したつもりだったが、なぜこれっぽっちしか落ちていないのかと疑心が募った。心が不安になり焦りを感じた。すでに停滞期が来たのだろうか？ インターネット検索であれこれ検索し、不安な気持ちをなだめた。

3週目の体重は、2週目の体重とあまり変わらなかった。たった一食で先週の体重と同じになると考えると、徐々にいらいらした。停滞期に違いないと思い、朝の食事をバナナ一本に減らし、夜ごはんもさらに少なく食べた。脂肪を燃やす本格的なタイミングは、筋トレ後の有酸素運動をする時と聞き、有酸素運動の時間をさらに増やした。

4週目は、暗鬱そのものだった。生理期間が近づくと、食事に対する考えでいっぱいだった。食欲を我慢するべきなのに、一ヶ月の間、体重がたった2kgも落ちなかったという事実に呆れてしまった。一ヶ月間ずっと何とか我慢してきたチキンを一度でも口にすると、体重がまた元に戻ってしまいそうだった。本当に一生懸命やったのに、対価がないと考えると涙が出た。

　もうチキンを食べてしまおうか？　食べてまた始めよう
か？　頭の中は全てチキンに対する考えだけだった。体重
が少し落ちたから、今日はチキンを食べてまた運動すれば
いいと自分自身を慰めた。

　しかし、いざチキンを食べ終えると、後悔と罪悪感に襲
われた。食欲のひとつ我慢できず、チキンに魂を売った自
分がとても憎かった。翌月には、今月に落とせなかった目
標体重を、絶対に落とさなければと考えた。どうしても、
もう少し食事に気を遣うべきという結論に至った。

　泣きっ面に蜂で、危機が訪れた。久しぶりに会う友達と、漢江に遊びに行く日のことだった。ピクニック気分を出そうと、普段着ていたゆとりある服ではなく、ワンピースを出して着たが、ひときわ太ももの前側が出ているように見えた。「久しぶりに着たからかな？　トレーニングまでしているのに、まさか太ったわけではないはず」気のせいにした。しかし、友達のストレートな言葉を聞き、私は正気に戻った。

　「イスル、なんてそんなに太ももが太くなったの？　完全な筋肉質だよ？　こんな脚にスカートは似合わないよ……」

　漢江の涼しい風をこれ以上私は気持ちいいと思えなかった。風でワンピースがなびくたびに太ももが気になり、カバンで脚を隠すのに忙しかった。
　家に到着するとすぐに、タイトなスキニージーンズをはいてみた。以前よりも太もも部分が確実にきつい感じがし

た。いや、さらにきつくなっているのは間違いなかった。トレーニングをあんなにも一生懸命にやったのになぜ！ 頭が痛くなり始めた。次の日、すぐにジムトレーナーに聞いてみた。

「筋肉がつきやすい体質のようですね。まず、スピニングのグループレッスンは絶対に受けずに、有酸素もサイクルのような運動は避けた方がいいです。ヨガやピラティスの方が、もっと合うかもしれませんね。運動後のストレッチ時間を増やして、フォームローラーで凝り固まった筋肉をほぐしてみるといいですよ。」

先生はアドバイスを惜しみなくしてくれた。私は筋肉がつきやすい体質なのか。晴天の霹靂と同じだった。女性は筋肉がつきにくいと言っていたのに！ だから筋トレは欠かさず必ずやるべきと言っていたのに！ 筋肉で盛り上がったふくらはぎは一体何物で、太もものサイドに入るあの縦の線は何物だというのか。

トレーニングを始める前は、太ももの肉が横に広がっていたが、今は弓のように前に丸く飛び出ていた。もちろん、ぶよぶよしていた肉にパンッと張りが出たのはよかった。しかし頑丈に固まった脚は、私の目には健康的に見え

ず、がっしりしているように見えた。

　太ももの隙間がくっつかないほっそりした脚を望んでいたのに、体重はあまり変わらないまま、筋肉だけつくのが嫌だった。運動を一生懸命した結果、がっしりとした豚になるなんて。私の状況は、まさに呆れるほどだった。心が弱まると、また焦りが募った。こんな時には、食事をもっと調節した方がいいと聞いたことがある。だから少し不健康な方法かもしれないが、今よりも食べる量を減らすことにした。

　過去のように、ただ食べないワンフードダイエットをするより、もう少し体系的で効果的な食事を選ぶ必要があると考えた。当時、ダイエッターの間で、食事コントロールの絶対的原則とみなされていたものがあり、まさに基礎代謝量よりも少なく食べることだった。

　ネットの根拠のないサイトによると、女性アイドルグループ少女時代も一日1200カロリーに食事を制限して痩せたという。さらに、テレビ番組には、1200カロリーよりさらに少なく食べて痩せたというスターが出演し、自身のダイエットの秘訣を紹介した。だから1200カロリーに制限する食事方法は、定番ダイエットのカテゴリーに含まれるのではないかと考えた。

あるインターネットサイトで、無料で提供されていた基
礎代謝量の計算機に、年齢、身長、体重を入力し、予想値
を計算した。私の基礎代謝量は1400カロリー程度。体系
的なダイエットのために、また計算機を叩いた。

　計画はこうだった。一つ、一日の摂取量は基礎代謝量よ
りも少ない1200カロリーに制限して200カロリー減らし、
二つ、毎日最小限の運動で500カロリーを消耗する。この
時、7日基準で一日は休み、6日だけ運動するプラン。三つ、
体重を1kg減らすには8000カロリーの消耗する必要がある。

4週間計画を実行するという前提で計算すると、合計
21,600カロリー（700カロリー×6日×4週）を消耗するこ
とになる。体重で計算すると、大体2.7kg〜3kg（21600÷
8000）減量する程度。大まかな計算で計画を立てたが、私
ができる方法といえばこれくらいが最善だった。

　その次に、食事プランを練った。ダイエット専門家のコ
ラムで空腹運動が薦められていたので、朝ごはんは抜いた

りプチトマト数個を食べて、ジムへ走って行った。昼は、鶏の胸肉でタンパク質が十分でありながら、絶対に800カロリーを超えない食事プランを練った。食事の間の空腹感を最小化させるために、間食としてこぶし一つ分のナッツ類を食べた。夜には、鶏の胸肉（100g）とシェイクを食べたが、この時、栄養補助食品やバナナ、黒豆などをシェイクの材料に使用した。最悪だったのは、豆乳バナナシェイクだった。栄養だけたっぷりで味もなく満腹感も特になかったが、無理やり飲んでいた。

　玉ねぎ水が脂肪分解にいいと聞き、玉ねぎの皮を水で沸かし玉ねぎ水を作って飲んだ。味自体がとてもまずいと噂になっていた飲み物だった。私もまた、飲むたびに吐き気がして大変だったが、鼻を塞ぎ目をぎゅっと閉じ、無理やり飲み込んだ。

　鶏の胸肉は、パサパサしてよく喉がつまった。しかし、ダイエット中に肉を食べられるという事実に感謝しろと自分に鞭を打った。「美味しい」「体にいい」「飲むたびに1kgずつ痩せる」と呟いて食べた物がとても多かった。

　私にとって、食べ物は二つの分類に分かれた。ダイエットにいい食べ物と太る食べ物。ダイエットにいい食べ物は、本当に味なんて期待できなかったが、最小限食べるには罪悪感を抱かず安心できた。ただ食べ物は、生きるために食

べるいわば生存のためのものに過ぎなかった。

　普段、食事プランをしっかり守ったとしても、突然美味しい食べ物の誘惑に誘われるとつらかったが、この程度なら健康に従来通りうまくやっていると信じた。

　徐々に運動が嫌になった。一日に数時間ずつ、以前の私なら想像もできないくらい多くの時間と努力を注いでいるのに、その分、生活の質が落ちていく気がした。どこかに無理やり縛られている感じ。ジムの空気は息苦しく、ランニングマシーンを歩いている間、歌を聞きテレビのバラエティ番組を見ても、以前ほど楽しくなかった。運動したくない日がすぐにまたやってきたが、そのたびに自分を奮い立たせ気を引き締めた。

　「休学までして、今交換留学や勉強も全て手放し、ダイエットだけにしがみついているのに、失敗したら全ておしまいだ。運動を始める前が嫌なだけで、いざ始めたら結局やるじゃないか。面倒くさいからそう思うんだよ、面倒だから。そのまま始めよう。」

　そんなある日、スクワットをしようとすると、胃がむかむかした。吐き気がしたが体を心配するよりは、運動をし

なければいけないのに体が追いつかなくていらいらした。結局、運動をできない不安は次の日の負担となり、前日できなかった分まで含めて倍に無理をする羽目になった。

　一日中することといえば、アルバイト、運動、そして食べる行為だけだった。思った通りの結果が現れず神経が徐々にするどくなり、勉強すると言って休学した娘が家で運動したり寝転がったりしているので、親の小言も多くなった。私の遠大なビジョンを親にとうてい説明できなかったので、勉強を怠ることに対する償いをただ黙々と果たさなければならなかった。

　食事に関しても敏感になった。家族が美味しい食べ物を食べる時、私は鶏の胸肉を食べなければいけなかった。初めは耐えられる気がしたが、時が経つにつれ敏感になった。ますます私ひとりだけ部屋の中で鶏の胸肉を食べる日が増えた。母はそんな娘が心配で「今日、夕飯に美味しいメニューを作ったから、食卓で一緒に食べよう」と私を慰めたが、母はただ私の計画を妨害する邪魔者だった。

　結局、母に「私の目の前に、美味しい食べ物が現れないでほしい。お菓子やアイスクリームみたいなおやつも、当分、家に置かないでほしい」とお願いした。一人ではとうてい食欲を抑えることができず、助けを要請した。

　幸いにも、何日間は、母が私を手伝ってくれたようだっ

た。そんなある日、母が今日の夕飯のメニューはサムギョ
プサルと買い物から帰ってくると、買い物袋の中には私が
好きな「力もちソーセージ」とお菓子が入っていた。一瞬、
私は理性を忘れ、母に向かって叫んだ。たったこれひとつ
も協力できないのかと、私が痩せられず人生が壊れてし
まったら母が責任をとれるのかと最低な言葉を放った。

　結局、泣きながらサムギョプサルと「力もちソーセー
ジ」を食べた。母のせいだと、私は我慢しようとしたのに
母のせいで、結局私が豚のように食べてしまうのだと、母
を傷つけた。

　意志が一度崩れると、その次は簡単だった。もう定番の
ダイエットなんてやってられなかった。私なりに決めてい
た日常のパターンが崩れ始めた。ジムのアルバイトも辞め
た。

　食べ物を最大限に減らし極度に食事調節をしたが、次の
日には必ず暴食した。チキン、ピザ、パン、お菓子、アイ
スクリーム、おにぎり、ラーメンを次々に口の中に詰め込
んだ。間違いなく私の体なのに、思うようにコントロール
できなかった。暴食した後は、後悔だけが残った。自分に
対する耐えられない嫌悪感が全身を覆った。メジャーを手
に取り、鏡の前でサイズを測った。ウエスト、お尻、太も
も、ふくらはぎなど、至る箇所を細かく測った。少しでも

サイズが増えると、不安で狂ってしまいそうだった。そして次の日は、より一層極度に食事を調整する方法を選択した。

　そう、二日食べる量を一日で一気に食べたと考えれば平気な気がした。そうすれば、今日食べても大丈夫だから。明日はもっと少なく食べればいいのだから。明日は一日中何も食べなければいいから、じゃあ今日もあれこれもっと食べてみようかな？　食欲をコントロールすることが難しかった。暴食した次の日、空腹を感じながら、前日の選択を果てしなく後悔した。それにもかかわらず、最後まで私はまだダイエットを放棄せず、むしろうまくやっていると自身を慰めた。

　目標だけを見つめていた。私はもっぱら美しい体、それ一つだけを備えていれば十分だった。私の全ての時間と努力をダイエットに注いだ。私が異常なのかそうでないのかすら区別できなかった。「絶対にやり遂げる」以外に、私が望む正解はなかった。

　アラームが鳴った。巡り巡って、やっと私の人生にも暖かい春が訪れた。ベッドから起き上がり、シャワーをしようと入ったバスルーム。鏡を見ると、痩せた私の姿が映っていた。鮮明な鎖骨とほっそりとした腕が私を喜ばせた。小さくなった顔は、今日に限ってひときわ引き立ち、もう平べったくないお尻と太ももが夢のようだった。

　一年の休学を終えて新学期を迎え、久しぶりに学校の知り合いと会う日になった。より一層小綺麗でかわいいおしゃれな姿で登校したかった。痩せたら着ようとクローゼットにしまっていたワンピースを引っ張り出した。着てみるとゆったりしていた。この日のために買っておいたあらゆる化粧品を出し、有名なビューティーユーチューバーの映像をじっくり見て、化粧をした。ドファサルメイクアップ（多くの男性を虜にするという意味をもつメイクアップ）だとかなんとか。目元を赤くするのがポイントらしいが、とにかく目の周辺が赤くなった自分の姿がかわいく見え、何回もまばたきをした。

家を出る前に、学科のジャンパーを出した。フラワーパターンのワンピースにスタジャンはアイロニーなファッションコーデだったが、長い間寝かされていた私の虚栄心を解き放つための最も重要な段階だった。後ろに書かれたHANYANG UNIV。私はきれいなのに勉強も結構できる方だと世間に知らさなければならないためだ。

　地下鉄を乗ると、すぐに周囲を探ってみた。以前なら、同じ車両に乗っていた女性の中で私は太っている方に属していたが、今では最も細い体の持ち主という事実に胸がいっぱいだった。

　駅に到着し、学校の正門に向かった。今日に限って、とりわけ強い日差しと温かい風、ひらりとなびくワンピースの裾が、まるで私がドラマのヒロインになったような気分にさせた。このように社会科学部の建物に歩いて行くと、後ろで誰かが肩をとんとんと叩いた。

　「すみません、私のタイプでして。どの学科ですか？もしよかったら、番号教えていただけますか？」

　うそでしょ！　イケメン男子が多いと噂の新素材工学科の学友が顔を赤らめ私を引き止めた。慌ててどうすればいいのか分からないまま、恥ずかしげに番号を渡し視線を交

わした。一日の始まりに満足し、講義室に向かった。同期
たちが美女に変身した私の姿を見て、どのような反応を見
せるのか期待しながらドアを開けると、やはりすぐに質問
が飛んできた。

　「ねえ、パク・イスルだよね？　どうしてこんなにきれ
いになったの！」
　「一体どのくらい痩せたの？　すごいよ！」
　「痩せると芸能人の〇〇に似ているね！」
　「休学して何があったの？」
　「どうやって痩せたの？　私にも方法ちょっと教えて
よ。」

　再び、昔の私に戻ったみたいだった。やっと私の人生が
正常な軌道に戻ったような気がした。上がった口角を落ち
着かせ、全部の質問に一つずつ丁寧に答えた。見た目では
落ち着こうと努めたが、どうしてもどきどきする心を落ち
着かせられなかった。結局、やり遂げた。夢に描いていた
ダイエットに成功したという思いで胸がいっぱいになった。

　「イスル！　元気にしてた？」

　その瞬間、学科で一番かわいいと噂の同期が入ってきた。久しぶりに会って嬉しい気持ちも束の間で、一瞬後頭部をハンマーで殴られたようにしびれた。この世には、人間も多ければ美しい人はもっと多かった。考えてみると、ここが終わりではなかった。私はもっときれいになりたいため、次の目標を早速心の中で設計し始めた。

　「だから……ここで私は何をもっとするべきなのかな？」

　そして、夢から覚めた。

　目を覚ますとすぐに鏡の前へ駆けつけ、私の姿を確認した。ありえない。未だに太っているブサイクな自分がみすぼらしく立っていた。空っぽのお腹を抱え、無理やり眠りについた数時間前の私が思い浮かんだ。すると、食べたかった食べ物が頭の中を占領し始めた。くらくらして、今日が何月何日なのかさえも見当がつかなかった。

　実は、今ここが夢の中であり、ついさっきまでの夢が現実なのでは？　わけも分からないことを考え始め現実逃避していると、これ以上空腹に耐えられない限界に達し、私は甚だしい内なる葛藤に苦しんだ。

　「何日間か食べなかったみたいだし、ちょっと何か食べちゃおうか？」
　「だめ！」
　「チートデイというのが、なぜあるのか。一生懸命やったから、チキン一匹くらい大丈夫じゃない？」
　「どうかしている。チキンだなんて。正常じゃない。」
　「ダイエットだって、しっかり食べてしっかり生きるた

めにやることなのに。」

　「自分の太ももを考えてみてよ。自分の腹の肉と二の腕を考えなってば！」

　「一つだけ食べようか？　一つなら何カロリーもしないし。食べて縄跳びを少しやれば大丈夫。」

　「まあ、確かに。だったら、一つだけ食べてみる？」

　気がつくと、私はすでにチキン一匹分を全て平らげ、おやつを夢中になって口の中に押し込んでいた。口に食べ物を運ぶ手をコントロールできなかった。少しずつ理性が戻ってくると、今私が何をしたのか、果たして収拾がつく程度で食べたのか計算し始めた。

　突然、息が詰まり涙が出てきた。間違いなく、現実ではフラワーパターンのワンピースを着て、新素材工学科のイケメンとデートしなければいけないのに、なぜ私は今ここでこんなことをしているのか？　ずっとこのままだと、結局夢から遠ざかってしまうのでは？　絶対にそうはできなかった。何としてでも、夢に近づかなければいけなかった。絶対に。一瞬、ある考えが頭の中をよぎった。

　「食べた物をまた吐けばいいじゃん。」

　冷静に化粧室へ向かった。チキンを吐き出すには、どうすればいいのだろう？　どうやって吐くんだっけ？　指を喉の奥深くに突っ込んだ。すると、体がすぐに反応した。喉を遡る何かに心地悪さを感じながらもほっとした。驚くほど鳴っていた心臓は、一回、二回と指を突っ込むたびに、ゆっくりと静まった。奇妙なほど、この状況が怖くも何ともなかった。むしろ、今日は太らないで済むという思いに解放感を覚えた。

食べるために吐いていた日々

　私はその後、暴食と嘔吐を繰り返した。食欲を我慢することはコントロールの範囲外だと思い、食べた分だけまた吐き出せばそれで十分だと考えた。

　便器をつかむ回数が増え、徐々に慣れていった。喉がからからで痛いのに、心はすっきりした。このような日常に慣れることに怖さを感じながらも耐えられる気がした。様々な感情が入り混じったが、これが最善だった。私は噂に聞いていた摂食障害を患ったのだ。

　一ヶ月ほど、食べて吐いてを繰り返すと、少しずつ不安になり始めた。「精神が疲労するとはこういうことなのかな？」「私は正常なのかな？」と疑心が募ったが、口をつむれば済むことだった。

　私は親に嘘をついて休学までしたのに、勉強もダイエットも何一つちゃんとできなかった怠け娘だった。摂食障害を親に告白し、病院で治療を受けるのは申し訳なくて面目がなかった。

　正常と異常、その境界に立った私の目の前には、まるで白い霧が遮っているようだった。理性的な判断が鈍った状

態だったが、何か間違っていることは分かっていた。それ
でも、解決しようという意志は現れなかった。いつもやっ
ていたことをやれば、痩せるのだから。

　髪の毛が抜け始めた。すでに生理が止まってから長い時
間が経っていた。のどと顎が徐々に腫れ、頭痛が止まらな
かった。私の体が一つ二つと異常信号を送った。

　これまでのように化粧室に駆け込み、食べた物を吐き出
し水を流した。体に力がなくて倒れそうだった。突然、こ
のような自分の姿が、獣と変わりないように思えた。目を
開けると食べ物から先に思い浮かび、空腹という原始的な
本能に耐えることに専念しながら一日を過ごした。それで
も、驚くほど溢れる余剰エネルギーを消費するために、体
を無理に動かした。

　正直、目を開けるのが怖かった。無理に食欲を我慢し運
動するのが心底嫌だった。振り返ってみると、一日中私の
頭の中を支配するものはダイエットだけであり、私の一日
の基準もダイエットだった。

　多くの夢を持ち、様々なことで日常を彩ったかつての自
分の姿は、どこへ去ってしまったのか気になった。ダイ
エットにしても、初めは痩せるために何をするべきなのか
きっちりとメモしていたが、それすらも記憶がかすかに

なっていた。私には、何の意欲も気力もなかった。ただ、危険な崖っぷちに立っている気分。

「なぜこうなってしまったの？　どこから誤ってしまったの？　私ができる努力は全てやった。きれいになって痩せるために全てをかけたのに、私が何を誤ったからって、今こんなことを経験しなければいけないの？　一体、なんて、こんな羽目になってしまったの？」

何度も考えてみても、ダイエットのせいだった。

「違う。絶対にダイエットのせいではない。ダイエットは、一生やるべき習慣なの。ただ、私がうまくできなくて、私の意志がこれくらいだから、失敗しちゃったんだ。」

しかしそのように考えるには、あまりにも自分がかわいそうだった。

「やめて。一体、いつまで自分を傷つければ満足するの？　今の私の姿は、まるで崖っぷちにかろうじて立っているみたい。望むのであれば、ずっとそうやって好き勝手に歩いてごらん。そうしたら最後には、墜落が待っている

んだから。」

　墜落する前に、引き返さなければいけないのは間違いな
かった。止まらなければいけないのに、何を止めればいい
のか考えたくなかった。なぜなら太ることが世界で一番怖
かったからだ。決定を下すべき時が迫っていた。

3

ダイエットはやめた

私は常に未来だけを考えた。
美しくなってより良い人生を送る私の姿だけを想像した。
この姿のままで、もしくはもっと太った姿で過ごす未来を
想像したことはたった一度もなかった。
太った私の姿と人生は、偽物だと思っていた。
しかし、それは大きな間違いだった。
私は現実に足をつき、本当に自分が誰なのか
見つめ直す必要があった。

　ある日は、あまりにもつらくて近所の教会に行った。親と友達に言えない秘密を一人で抱えたまま、くよくよするのはとてもつらかった。信仰心もないのに教会に行っていた時がいつだったか思い出せなかったが、目に見えない誰かにでもしがみつき、息苦しい気持ちを解き放ちたかった。

　教会には誰もおらず明かりは消えていたが、幸いにもドアは開いていた。大礼拝室に立ち入った瞬間、深く壮大な暗闇が私を覆うようでぶるぶると震えた。しかし私の心はもっと暗く、勇気を出して暗闇に向かった。淡々と教壇の前に向かった。そしてどすっと床に座り込み、泣き言のように心の底にある全ての言葉を吐き出した。

　「実は、とてもつらいです。普通の日常を送ったのがいつだったか思い出せません。普通に食べて寝る生活をどうやってすればいいのか分かりません。ただ目を開けると、ダイエットのことばかり考えています。『今日は食事を抜く日だ』『運動に行かなくちゃ。やりたくないなら、もっと一生懸命に運動を頑張らなければ』『食べたい。い

や、食べたらダメ』このような考えで頭はいっぱいです。私はきれいになって夢も叶えて、より良い人生を生きるために努力しただけなのに。やったことはただそれだけなのに、他人に迷惑もかけずに本当に頑張ったのに、私は何の罪でこんな悲惨なことを経験しなければいけないのでしょうか？　私の短気な性格が問題でしょうか？　これくらいしかできない、私の意志が問題なのでしょうか？　それとも、きれいになりたいという夢すらも、私にとっては贅沢なのでしょうか？」

　一度溢れ出した涙は止まらなかった。

　「自分自身をとても恕んでいます。11歳の時に、韓方を飲んだ自分が憎いし、どうせ食べても同じ味なのにどうしても給食を残せず、皿の底が見えるまできれいに食べていた高校時代の自分が憎いです。大切な初めての彼氏に健全な愛を与えられず別れた自分が憎いし、他人が自分をどのように思っているのか、評価一つに一喜一憂する自分が憎いし、皆が成功するダイエットのひとつもまともにできずにこうしている自分自身に呆れ果て嫌悪します。」

　このように心の奥底のわだかまりを全て吐き出した。す

ると、どこからかかすかな声が私に話しかけるように聞こ
えた。

「イスル、どうして君はたった一度も自分を愛すること
ができなかったの？」

その瞬間、私の頭と心の中で絡み合っていた全ての考え
と感情が止まった。戸惑ってしまった。私が自分を愛せな
かったという言葉を認められなかった。とりあえず、私の
目にはダメなブサイクに見えたため、自分にいい言葉をか
けてあげられなかったが、私のためにダイエットも頑張っ
て自己管理もした。これが自分の人生のために努力する自
己愛でなければ何なのかと思った。

「君は自分の頬骨が出ているように見えると言ったよね。
肩は広くて足は太く、お尻が大きく見えるとため息をつい
ていた。それでは、君が考えるかわいさ、完璧な体、皆か
ら賞賛される美しい体とは、一体どんな姿なの？　どうし
て君の人生において、君が決めた基準はなかったの？　本
当に君が君自身を愛していたと言える？　一体どうすれば、
自分に嫌悪感を抱き侮辱し追い詰め、健康を壊すことがで
きるわけ？　本当に自分を愛していると言える？」

　答えられなかった。頭の上で、私を見下す十字架が見えた。全ての物事は調和している自然の理に従っているが、どんなつもりで自分を壊し憎んでいたのか追及しているようだった。教会を出た後から、正体不明の叱りとねぎらいが頭の中をぐるぐると回った。

「私は今でも十分。
やりたいことは、今すぐやればいい。
なぜそれが分からない。」

　今すぐだなんて……とっさに、何年前に見た映画『LIFE！／ライフ』が微かに思い浮かんだ。写真誌『LIFE』の編集部で無気力に平凡な日常を生きていた主人公ウォルター。常に行動に移すよりも、想像をして満足していた。そんな中、彼は雑誌が廃刊する前、最終号の表紙を飾る写真を紛失し、その写真のために写真作家を探す大きな冒険に出る。火山を越え、海を渡り、ヒマラヤで出会った写真作家はウォルターを快く歓迎するが、なぜ自身を訪ねてきたのか疑問を表す。ウォルターは、最後の写真を探しに来たと伝えたが、作家は慌ててその写真は以前、自身がウォルターにプレゼントした財布の中にあると答る。
　映画では、ウォルターが答えを探すために冒険に出た。

長い時間をかけ、長い道のりを経て、写真作家を探しに
行った。しかし、虚しくも答えは自分の中にあった。馬鹿
みたいなウォルター・ミティー、馬鹿みたいなパク・イス
ル。そうだ。常に答えは私の中にあった。私は答えを知っ
ていた。私が行っていた全てのことが、健康的ではなかっ
たと。実際、私の人生の中で私は存在していなかった。

　私は常に未来だけを考えた。美しくなってより良い人生
を送る私の姿だけを想像した。この姿のままで、もしくは
もっと太った姿で過ごす未来を想像したことはたった一度
もなかった。太った私の姿と人生は、偽物だと思っていた。
しかし、それは大きな間違いだった。私は現実に足をつき、
本当に自分が誰なのか見つめ直す必要があった。そして、
今すぐに自分と向かい合うことにした。勇気を出し、しば
らく目を背けていた自分に話しかけた。

　「ごめんね、イスル。しばらくの間、ちゃんと面倒見て
あげられなくて。価値のない無意味なことをさせてしまっ
てごめんね。遠回りさせてごめんね。人生を否定し憎んで
しまってごめんね。愛せなくてごめんね。」

　最後には認めざるを得なかった。私は正常ではなかった。
私がしてきた努力は、健康でより良い人生を送るための努

力ではなく、自分に噛み付く自傷行為だった。今の私がた
だちにすべきなのは、ダイエットをやめることだとはっき
り見えた。すなわち、私は今の姿のままで、もしくはさら
に太った姿でこれから生きていくということだった。

　胸が痛んだ。本当に私は太った姿で生きていけるのか、
そんな自分を受け入れられるのか、再び自分に問いかけた。
答えは分からなかった。でもどうしようもなかった。すで
に私の人生は、普通とかけ離れて壊れていた。ウォルター
を動かした何かのように、私には痩せなくても生きていけ
るという勇気が必要だった。

　そうして私はダイエットをやめた。

私は何を恐れていたのだろう？

　イギリスのドラマ『マイ・マッド・ファット・ダイア
リー My Mad Fat Diary』では、ぽっちゃりな見た目で自尊心
が低い女性主人公レイチェルが登場する。レイチェルは、
外見のコンプレックスにより、暴食と自害行為を繰り返し
た黒歴史がある。まさに過去の私のように。過去の痛みか
ら完全に抜け出せないレイチェルは、時々、精神科の相談
を受けていた。ドラマの名場面を一つ選ぶとすれば、当然、
レイチェルと精神科の先生の対話のシーンだ。

　先生：目を閉じてみて。君自身をなぜ嫌いなのか言ってみて。
正直に。
　レイチェル：私は太っています。ブサイクだし。全てを台無
しにしてしまいます。
　先生：そう感じるようになったのは、いつなのか考えてみて。
　レイチェル：9歳か、10歳の頃から？
　先生：じゃあ今度は、10歳の頃の君があのソファーに座って
いると考えてみて。そしてあの少女に太っていると言ってみて。
　レイチェル：言えません。

先生：あの子どもにブサイクと一度言ってごらん。

レイチェル：そうはできません。

先生：あの子に悩みの種だと、価値がない使えないやつと言ってごらん。それがまさに、君が毎日、君自身に言っていたことなのだから。

レイチェル：……

先生：では、あの少女にどういう言葉をかけてあげたい？

レイチェル：素敵に見える。完璧に見える。

先生：それがまさに、君が今、君自身にかけてあげるべき言葉だよ。

　私も一時、自身を太っていると思っていた。不十分なこの姿では、絶対に幸せになれないと思い込んでいた。意気地なしでダイエットもひとつまともにできない失敗者と思っていた。そして、偶然見たドラマの中のシーンを何度も思い出した。衝撃を受けた余韻が冷めなかった。ドラマの内容は疑う余地もなく私の話であり、レイチェルの心は私の心と同じだった。先生がレイチェルに質問したように、私も私に問いかけた。

　「本当にダイエットをやめたい？」

　正直、分からない。今は摂食障害とダイエットの強迫で私の日常が壊れてしまったから、ダイエットをやめるべきだという必要性を感じただけ。でも私は、今でも相変わらずきれいになりたいと思っている。

「君が考える自分の姿はどんな姿なの？」

　下半身に肉がたくさんついている。脚が細くなくて見たくもない。肩も広いし、ふくらはぎも太いし。とても際立つ頬骨も気に入らない。全部、かわいくない。

「君が思うかわいいの基準は何？」

　テレビに出る芸能人の姿。モデルの姿。ドラマや映画に出てくるヒロインの姿。ほっそりした肩に鎖骨美人で、胸は大きくてウエストは細く、ヒップアップされた姿。太もも両脚がくっついていたらダメ。肌はきれいで顔は小さく細くなきゃ。目は大きく鼻は高く、指も細長くなければ。シワ、ニキビ、むだ肉がない完璧な姿。

「じゃあ、なぜきれいになりたいの？」

　見た目がよければ、まわりから可愛がられるから。注目されてより多くの人に認められて、人気ももっと出る。私が好きな人たちが、私を好きになる確率も高くなる。内面が美しくあるべきというけれど、実際、皆外見を重要視するから。美しさを追求するのは、人間の本能だと思う。

「なら、君も誰かと接する時、外見だけで評価したの？」

　そういう時が多かった。でも実際、幼い頃はそうじゃなかった気がする。私も思わず人々を外見で評価する時があったから、他の人も同じように私を評価したんじゃないかな？　何にしろ、人々からいい評価をもらいたいから。

　「なぜ君は、誰かからいい評価をもらって可愛がられなければいけないの？」

　それが私の幸せと結びつくのでは？　実際、中学校の時、私になぜこんなに肩が広いのかと馬鹿にした人を忘れられない。女なのに男みたいに毛が多いと言った人も、ふくらはぎが太いと、顔がまん丸だと言った人も覚えている。先生たちは、生徒会長だった女子がかわいいと、その子をすごく気に入っていた。お嫁にしたいと、なぜこんなにもかわいいのかと。その子は会長で忙しいだろうからと副会長の私に代わりに仕事をさせ、たまにその仕事が大変な時もあった。友達や先生から好かれる姿がとても羨ましかった。幸せそうだった。その子に比べて私は、みすぼらしく見えたんだ。

　「じゃあ君は、君が思っている太った姿で、何かに成功したり成し遂げた時はないの？」

　ある。高校の時は全校の生徒副会長になり、本当に心を分かち合える友達もできた。大学も私が進学したかった学校に合格し、ヒマラヤにも行ってきた。

「それらを成し遂げた時、どんな気持ちだった？」

　私もできるんだ。心がわくわくすることをやらなければ
という思い。

「最後に聞くよ。君は今まで幸せだった時はないの？」

　多かった。多いからこそ問題だった。私は本当に幸せな
人だった。私だけそれを知らずにいた。この世に生まれ母
と父に出会い、あたたかい家族がいた。健康に育ち、やり
たい勉強も一生懸命することができた。夢があったから情
熱もあり、その情熱が時には執着になったりもしたが、私
が前に進めるよう導いてくれた。

　私は誰かが吐き捨てた評価によって、崩れる人ではな
かった。価値がある大切な人だった。他人から認められ可
愛がられることに執着しなくても、私は今このありのまま
の姿で十分だった。

　私は何をこんなにも怖れていたのだろうか。なぜ社会が
決めつけた美しさの基準に、自らを合わせようとしたのだ
ろうか。何が私を美から遠ざけたら、まるで死に至るかの
ように思わせたのだろうか。悩んではまた悩み、悩んだ末、
私は自分にある嘘をつくことを決めた。毎日鏡を見ながら、
自分に嘘をついた。

「イスル、今日もご飯美味しく食べた？　思ったよりた
くさん食べたって？　大丈夫。こんな時もあればそんな時
もあるよ。食べたい物を食べて。それでも私は、私を愛し
ている。太ももが気に入らないって？　もっと太ったよう
に見えるって？　大丈夫。それでも私は十分だから。」

　初めて私に寛大な言葉をかけた。鏡を見て大丈夫と言っ
たが、たくさん食べて太ったようにみえる自分の姿を見る
たびに涙が出た。ダイエットをやめたことが不安で怖かっ
た。そんな私を受け入れることがつらかった。でも、大丈
夫と言った。泣きながらも笑いつつ、愛していると伝えて
あげた。
　幼い頃からよくないことを思いついた時、活用していた
方法があった。またの名は、悪い考えを食べるイルカ。マ
イナスな考えがよぎるたびに、私は頭の中でピンク色のか
わいいイルカを思い出した。そして、マイナスな考えをし
ばし止め、イルカが悪い考えを食べ尽くす場面を想像した。
そして、外見のせいで苦しい考えがよぎってしまう時は思
考を止め、すぐにイルカを思い出した。イルカがマイナス
な考えを食べ尽くす間、私は鏡の中の目を真っ直ぐ見て、
愛していると伝えた。すると、気分が本当によくなった。
　ゆっくりだったが、変化は確かに訪れていた。最初は自

分を騙しているようだったが、徐々におのずともっともらしく思えた。困難に根強く耐える自分の性格が気に入ったし、笑う時、少し突き出る頬骨がかわいく見えた。太ももしっかりしているから、自分の体をもっとしっかり支えられると考えた。私が大嫌いだった部分に満足するようになった。とても不思議だった。

「私がスプーンを置くなんて！」

　衝撃に包まれた。いつからこんなに食欲が減ってしまったのか戸惑ってしまった。ダイエットをやめて以降、私は食べたかった物をことごとく食べた。チキンを食べたかったら食べ、ピザを食べたかったら食べた。

「あ、また太るだろうに。」

　頭の中で、ふと考えた。そのたびに、ピンク色のイルカが登場し、マイナスな考えを食べ尽くした。

「大丈夫。私はダイエットをやめたんだ。どんな姿であれ、私が私を愛してあげればいい。」

　数ヶ月が経つと、驚くことにとても自然に食欲が調整され始めた。ある日は、家族とチキンを食べた時、その日に起きた良いことを話しながら、もも肉にかぶりついていた。

話すことがとても多過ぎて、一つ一つ話しているうちに、いつの間にか満腹を感じた。

　私はもも肉たった一つを食べただけであり、その間、家族がチキン全てを食べてしまっても、何の未練や怒りも感じなかった。過去の私だったら、言うまでもなく私が一番たくさん食べたくて、まるでブレーキが故障した爆走機関車のように食べ物を吸い込んでいたが、もも肉一つを食べて手を下ろした自分自身に見慣れず、とてもびっくりした。気のせいだろうと思い過ごした。

　もう一度は、友達とビュッフェに行った時だった。学生にとって価格帯が高い飲食店で、私たちは皆、勇ましく三皿以上は食べようと意気投合し突撃した。しかし、押し寄せる食べ物攻撃に一番先にやられたのは、他でもない私だった。

　以前なら、絶対に五皿以上食べてもなんともなかった私の胃の中で何かが起きたのは、間違いなかった。友達と楽しく話しながら幸せに食べると、デザートを含めた二皿で限界に達してしまった。凄まじい敗北だった。

　その後も食べ物の前では、私が食欲を節制しようと努めなくても、食欲が自然と落ち着いた。まるで、ダイエット欲求が消えたように、私の関心から遠ざかっていった。

　復学して図書館で課題をした日も同じだった。私の好き

なテーマで発表を準備したが、この課題だけは絶対に誰にも一位を奪われたくないという気持ちで燃え上がり、キーボードを打っていた。いつの間にか気がついてみると、時間があっという間に過ぎていた。「なんか小腹が空いたな、何かちょっと食べてまたやろう」と考え、何事もなく荷物を整理していると、急にあることに気がついた。

　「私が？　ごはんを？　パク・イスルが食事を抜いたって？」

　何が起きたのだろうか？　私が知っている自分は、一食でも抜いたら神経質になる人だ。どんなに人生に疲れたとしても、食べ物でストレスを解消する性格のため、食事を抜くことはありえない状況だと思った。
　私は今まで、お腹がいっぱいだとスプーンを置き、少しだけ食べてもお腹いっぱいと言い、食事をうっかり忘れてしまったと言っていた友達を見るたびに、「まさか、チキンを目の前にして、そんなことがありえる？　ただダイエットのためにそうやって言っているだけでしょ」と疑っていた。大きな間違いであり偏見だった。自然に調節される本物の食欲は、私が知っていたものと大きく異なっていた。気のせいではなく、本当に私の食欲が正常に戻ってい

た。

　食欲が調節される私の姿を不思議に思い、自分を観察してみたくなった。日頃行ってみたかったグルメ店を訪れ、私が食事をする時、何を考えているのかじっと見守ってみた。目で一度、私が食べている物が何か確かめ、匂いで一度、食べ物の温かさを感じた。そして、箸を持ち口の中に入れもぐもぐと噛み、その味に集中しようと努力した。

　舌先に触れる感じ、口の天井に触れる感じ、喉を通る感じまで、これまで一度もこのように、自分が何を食べているのか集中して味わったことがなかったと気がついた。とても美味しかった。私が知る味にもかかわらず、新しさも感じた。風味が口の中で広がり、穏やかで幸せな気持ちになった。

　「そういえば、完全に食事そのものに集中し、幸せを感じながら食べたのはいつだったっけ？」

　思い出せなかった。私にとって食事の時間は常に太る時間であり、美味しい食べ物は緊張して食べなければいけないストレスの対象だった。以前はどんなに思う存分食べたとしても、常に心の片隅では、太ってしまうと怖れる気持ちとカロリーを計算する気持ちが共存していた。人間が感

じるこの素敵な感覚に対して、私はどんなに多くの時間を
ただ虚しく過ごしてしまったのかと、呆れてしまった。

「何を」よりも「どのように」食べるのか

　私たちはよく、「自分の体に入る食べ物がそのまま自分を構成する」「健康になるには、食から変えなければいけない」という言葉を聞く。間違った言葉ではないが、実践がそう簡単ではないことは確かである。どうすれば、一日でヤンニョムチキンをやめ、ビールを遠ざけ、チムタク（鶏の甘辛煮）を見ても顔を背けられるのか？　一生食べられないと考えるだけでも残念でお腹も空いてしまう。

　私だけでなく、ほとんどの人が食習慣を変えようと序盤に固く決心しても、堂々めぐりするように、本来の食習慣に戻ってしまう。食習慣を変えることは、ただの意志で簡単にできることではない。

　どうすれば、食べ物の真の味を感じ、もっと美味しく食べられるのか悩んだ私は、偶然にもマインドフルイーティング mindful eating に入門することになった。一種の「ちゃんと食べる方法」だが、よく言われているように一日で食習慣を変えるのではなく、現在の私の食習慣に少しの変化をもたらす方法だ。

　マインドフルイーティングはとても簡単だ。私が食べる

食事に集中すること。それが全てだ。マインドフルイーティングを初めて始める人が理解しやすいよう、食べる行為の段階を順番に説明しようと思う。

第1段階、食卓セッティング。

コース料理のように、食卓を盛大に華やかに並べるべきだということでは絶対にない。ご飯は茶碗の中に、味噌汁は汁椀の中に、スプーンと箸は全て真っ直ぐにして、おかずも食べられる分だけよそう。食事だけに集中できるようにスマートフォンやテレビも消す。「私は食事を探究する研究員であり、征服する探検家だ！」という気持ちで好奇心を持ち、食事を準備する段階である。

第2段階、材料が食卓にあがるまでの過程を考える。

食べ物を五感でじっくりと味わう段階だ。材料が食卓の上にあがるまで、どのような過程を経たのか、一度考えてみよう。「この米は、利川で農家が暑い夏に汗をかきながら、真心と努力を注ぎ栽培したはずだ。稲がすくすく育つように、肥料と太陽の光、水のような自然が助けたに違いない。農家が収穫した稲が、加工と流通過程を経てスーパーに陳列され、私はその中の一つを選び買い物かごの中に入れた。炊飯器で少し蒸らし、ほどよく炊かれたお米が、

今私の目の前にあるんだ。」

　このように、材料から食事になるまでの過程を一つ一つ詳しく頭の中で描けばいい。

　第3段階、五感で味わう。

　楽しく食事をする段階だ。過去の私は食事をする時「どれくらいなら食べても太らないかな？」「これは、何カロリーかな？」「今、食べ過ぎたから、夜は食事を抜かないといけないかな？」とだけ考えていた。マインドフルイーティングをする時は、ダイエット、贅肉、体重のような単語を気にするのではなく、食べ物を五感で味わう行為に集中してみよう。「私の目の前にチャーハンがある。にんじんと卵も入っている。にんじんの色がとても素敵。匂いも香ばしい。噛んでみるとご飯粒ひとつひとつの食感を味わえる。にんじんと卵が調和するとこんな味がするのか！」このように食べ物の味だけでなく、色味をみて、匂いも嗅いでみて、口の中で噛む音も聞いてみて、五感で食べ物を感じればそれでよし。特に片手にスプーン、もう片方の手に箸を持ち、戦闘態勢で食べるのではなく、口の中で食べ物を十分に味わう最中はスプーンと箸を置く。

　第4段階、食べ物に感謝する（栄養をちゃんと吸収する）。

　しっかりと栄養分を摂取する段階である。普通私たちは、食べ物を食べながら自身の気分を満たすことに夢中になる。おそらく、食べ物に感謝したことがある人は、ほとんどいないだろう。「とても長い過程を耐え、私の元へ来てくれてありがとう。美味しく食べるね。私が動き、生きていけるようエネルギーを与えてくれてありがとう」と食べ物に話しかけてみよう。食の時間を太る時間と考えずに栄養素を補う時間と考え、材料に感謝すればいい。

第5段階、毎日実践するという強迫を捨てる。

　正直、私でさえも、マインドフルイーティングを毎日実践しているわけではない。忙しくて食事を抜く人、子どもの面倒を見るために適当な食事をとる人、勉強のせいで食事時間がもったいない人など、とても多様な人生がある。彼らにとって、毎日マインドフルイーティングを実践しろという言葉はむしろ負担である。完璧でなくても大丈夫。先程述べた段階を絶対に守らなくてもいい。一日に一食だけでも、三日に一日でも、一週間に一食でも「このように食べてみようかな？」もしくは「私が作って食べてみようかな？」と試してみることが重要だ。一度の試みで変化が始まる。自身のライフスタイルに合わせ実践できるだけやってみることが、習慣づけるのにも役に立つ。

第6段階、規則的な食事をとる。

　マインドフルイーティングを毎食実践しなくてもいいが、食事は規則的にとることをおすすめする。私がマインドフルイーティングを実践して思ったことは、私たちの体は何も食べない状態で食事すると、食欲システムにエラーが起きるということだ。だから、普段よりもたくさん食べるようになり、食べた分だけ体に蓄積する。私たちの体は、かしこいシステムを備えているようだ。規則的な食事は、食欲システムにエラーが生じないようにするための最小限の約束なのだ。

　もし、私が小学生の時、韓方を飲まなかったら、太らなかったかもしれない。偏食さえしなければ、韓方を飲まなかっただろう。祖母の愛と関心をもらい韓方を飲んだが、それにもかかわらず直せなかったのが、まさに偏食だった。

　私は、あまじょっぱくて味の濃い食べ物の中で苦手な食べ物はなかったが、このような味に徐々に慣れてしまい、実際には健康的な食事をいっさいとらなかった。マインドフルイーティングは、そんな私の食べ物に対する固定観念を変えた。食べ物本来の味に集中して食べると、自然と満腹を感じるようになった。

　マインドフルイーティングに集中していた時、ふと、ま

ずくて味がしないと思っていた野菜に関心を持った。野菜
からどのような新鮮さを感じられるだろうか？　好奇心で
菜食に入門した。

　私は、今でもアザミの葉ご飯を初めて食べた時の感動を
忘れられない。柔らかくてしっとりした香ばしいあの味！
アザミの葉ご飯を食べずに過ごしてきた歳月をとても悔し
く思った。一度は玉ねぎにハマってしまい、卵と醤油ソー
スを使って牛丼のように作り、一週間ずっと食べ続けた。
だからといって少なく食べたわけではない。甘じょっぱく
て味の濃いインスタント食品とデリバリーを完全にやめた
わけでもなかった。本当に食べたい物を幸せを感じながら
十分に食べた。

　野菜の多様な味に目が覚めると、菜食ベーキングにも興
味を持った。私が好きな野菜で、健康的なパンを作り食べ
られるという点がよかった。全粒のぱさぱさした食感にハ
マり一時は全粒パンを作ったり、バナナで甘くて香ばしい
パンケーキを、そしてオートミールとプロテインで香ばし
いホットケーキを焼いたりした。電子レンジで簡単に焼き
芋パンを作って冷凍庫に入れ、チアシードの食感が好きで、
夏の間ずっとブルーベリーシェーキの中に入れて飲んだ。

　マインドフルイーティングを実践した後、食欲に対する

　私の観念が180度変わった。以前は、痩せるにあたって邪魔となる空腹を憎んでいた。しょっちゅう食欲を感じる自分の心が大嫌いだった。しかし、今では空腹と食欲が私のために存在しているとよく分かっている。基礎代謝量よりも少なく食べようと努力したため、私の体はそうすると体調を壊してしまうと、少なくともこれくらいは食べないとうまく体が機能しないと、食欲を通して信号を送っていた。

　不規則に暴食と断食を繰り返していたため、体は食べ物が入ってくると、一旦貯蔵しているようだった。私に何が起こるか分からないので、非常事態でも生き残れるように、体が生存方法を探していたのだ。これ以上、食欲を憎まなかった。むしろ、ありがたく感じた。食欲のおかげで私は味覚を持つ喜びに気づき、私の体と率直な対話を交わし、健康に暮らすことができた。

　今まで私の全ての神経と関心が食欲だけに傾いていたせいか、食欲を受け入れると、私の欲求は新しい目標に向かい始めた。

　運動はダイエットと同じで、私にとって平行線のようだった。辿り着きたくて努力しても辿り着けない何かだった。だから、ダイエットを完全にやめた後、私は運動もやめた。

　もちろん、最初は太った。しかし、スクワットを一回しただけでも吐き気がするので、運動に対する執着と強迫を捨てることを優先した。抑えていた運動に対する憎しみをまず解放させなければいけなかった。呼吸だけが、私が何ヶ月の間唯一できた運動だった。

　行き止まりの路地に閉じ込められたと感じていた時、新しい道が開かれる状況を見ると、人生はとても皮肉である。運動しようと頑張らなくなると、体がすっきりせずもどかしかった。何よりも、ダイエットをやめて太ってしまったため、「じゃあ、今この姿で何をするべきか」という今後の生存について自然と悩むようになった。運動は相変わらず続けたかったが、一度歩いて、考えを整理する時間が必要だった。私は、ロックバンドであるチェリーフィルターの曲『Happy days』をよく口ずさみながら歩いた。

眩しく輝いていた私の姿は
どこへ飛んで行っちゃったのかな、どこの星へ
小さいことにも私の胸をときめかしていた
私の中にあったその何かはどこの星に埋められたのかな

自信に満ちていた私の姿は
どこへ消えちゃったのかな、いつの間に
小さいことにもいつも幸せだった
昔のままの自分を取り戻したい

　私が卒業した小学校の運動場は夜も開放されていて、多くの人が訪れていた。私もその中にまぎれ、一緒に歩いていた。運動場で歌を口ずさんで歩くと、今まで私を縛っていた悩みが小さくてどうでもいいことのように思えた。

　「やりたいことが多かったはずのに、なぜダイエットという沼にはまってしまい、こんな苦痛を経験したのだろう？　たとえ48kgという体重になれなかったとしても現状に満足している。」

　騒がしかった頭の中が、いつ騒がしかったのかと思うくらいすっきりした。これ以上、ダイエットに執着するのも

嫌で、また、美しさのために私を崖っぷちに追いやりたく
もなかった。今この瞬間、顔で感じられる冷たい風をあり
がたく感じ、耳で聞こえるメロディーが胸をときめかせた。
全てが完璧だった。

　私は、時々あの日の静穏さが恋しくなるたびに、運動場
に行って歩いた。運動するという感覚はなかった。ただ理
由もなく歩く行動が好きだった。そんなある日、いつもの
ように歌のリズムに合わせて歩いたり走っていると、ふと、
過去に行った私の未熟なヒマラヤ挑戦記が思い浮かんだ。

どういうわけかヒマラヤトレッキング

　大学2年生の夏休みに、ネパールのヒマラヤにトレッキングに行った。「生きているうちにヒマラヤに一度は行ってみないと」というとんでもない見栄と虚栄でバケットリストに書いた夢だったが、実はいつかできるのではないかと漠然と考えていた。

　きっかけは単純だった。20歳で恋愛にオールインして本当に成し遂げたものが何もなかったため、21歳はその分も合わせて、何か巨大な目標を達成しなければいけないと負担に思っていた。そして、バケットリストの内容を他人が見た時、最も偉大に見える目標は何かと悩み、ヒマラヤトレッキングを選んだ。

　思ったより、バケットリストを早く達成できる機会が訪れた。当時の私にはロールモデルでありメンターがいて、その方はフェアトラベルを企画するソーシャル企業を運営していた。その方の仕事を手伝っていた際、私が偶然ヒマラヤトレッキングをしたいと言うと「ジニー（私のイングリッシュネーム）、私も新しいトレッキングコースを探しにネパールに行く予定だけど一緒に行く？」と提案して

くださり、私はその場ですぐに話に乗った。日程は、夏休み。最高の夏を過ごすと心に決めた。

山を登ることに対する負担はなかった。ポーター porter（ヒマラヤでベースキャンプまで遠征隊の荷物を運搬する人）が荷物を持ってくれるし、トレッキングが大変だとはいえ、そんなに大変ではないだろう。幼い頃に登った冠岳山（標高632メートル）よりは楽だろうと思い、飛行機のチケットを購入した。むしろトレッキングをする一週間、運動をするわけだから、かなり痩せるだろうと考えた。めったにないチャンスなだけに、トレッキング期間中はいつもより少なく食べようとも決心した（しかしヒマラヤを決して甘く見てはいけなかった……）。

私が合流したチームが登るコースは、ネパール北東部のアンナプルナ山群にある「マチャプチャレ」山を中心に巡る一週間のトレッキングコースだった。前日、ポカラ近郊の市場で買ったつば型シルエットのトラウザーをはいて、まだ私の足に慣れない新しい登山靴を履き、日焼けしてはいけないのでアームウォーマーまで抜け目なく着用してトレッキングに出た。

トレッキングは、まさに地獄だった。よりによって一年で最も暑いモンスーン期と重なったため、ヒマラヤにはヒルがうじゃうじゃいた。木の葉一枚に十匹くらいくっつい

ていたようだ。ヒルは、私の知らないうちにアームウォー
マーの中に入り、ぎゅっとしばった登山靴の中に履いた靴
下の中に侵入し、帽子の中にも入っては血を吸った。

　私がヒルを発見するたびに声をあげると、ガイドのマヘ
スが駆けつけ、ヒルを取ってくれた。しかし、ヒルよりも
更なる大きな困難がまさに登り坂だった。

　登り坂をあがるのは、とてもつらかった。登っても登っ
ても終わりが見えず、気が沈んだ。間違いなく私のカバン
にはペットボトル一本が入っているが、米俵でも積んだか
のように重たく、マヘスが代わりに持ってくれても全身が
とても重かった。それに加えて雨まで降り傘はなく、レイ
ンコートは役に立たない。全身が雨に濡れ時間が経つと、
ヒルなんて大したことないように思えた。血を吸ったら勝
手に外に出ていくだろう。

　トレッキングコースはよく知られていない場所だったた
め、宿を見つけるのに苦労した。電気が入らないのは当た
り前で、天井がないため星と月に全てを頼らなければいけ
ない程だった。ふかふかな寝床なんて贅沢で、木の板で作
られた固いベッドだけが私を待っていた。トイレは期待す
らしなかった。

　トレッキングは、食欲がぐっと落ちるくらいつらかった。
朝ごはんを食べないで眠った日は、一日三食を十分に食べ

られず、そうすると一日中力がなくて日程の消化がとても大変だった。皆はしっかり歩いているのに、一番年下の私は毎回遅れてキャンプ地にビリで到着した。三日目には結局、涙が溢れた。母に会いたかった。登山へのトラウマも現れた。呼吸が苦しく、登り坂が目に入るだけでもため息が先に出た。

　全て放棄してしまいたかったが、よりによって頂上に登る日が私の誕生日だった。最悪の誕生日を送りたくなかったため、泣きながら一歩を踏み出した。そして、ようやく到着した頂上。4000mくらいになる高さで風に当たり、私は決心した。「もう二度と山なんて登らない！」（その日、マヘスがかまどで焼いた誕生日ケーキをプレゼントしてくれて、あとは下り坂だからもう少し頑張ろうと励ましてくれた）。

　忘却。神が人間に与えたもっとも大きな祝福といえるだろうか。人間は忘却の動物だった。ダイエットをやめてウォーキングとランニングを趣味にすると、変にまた山を思い出した。雨に濡れ泣きながら山を登った後、キャンプに到着し、温かいティーを一杯を飲んだあの瞬間が思い浮かんだ。

　最終的に復学し学校へ行くと、再び登山に挑戦できる奥地探査隊の対外活動ポスターが掲示板に偶然現れ、「Break

Yourself（限界を超えろ）」というキャッチコピーで私を誘惑した。ヒマラヤがまた私を招いている気がした。そして私はまたヒマラヤに挑戦した。

運動なんて一生しないと断言したはずなのに

　結果から言うと、ヒマラヤ2回目の挑戦は、あっさりと失敗に終わった。奥地探査隊の募集で書類審査は通過したが、3泊4日間行われたアウトドアテストで、100人くらいの参加者中で私だけ途中放棄した。近所の運動場を歩いたり走っていたため、体力があがったと思ったのは傲慢な錯覚だった。10kg近いカバンを背負ってずっと山を登ったが、絶望とはこのことかと思った。

　奥地探査隊に不合格になると負けん気が湧いた。山に対するトラウマを克服したいと考えた。その後、数ヶ月間、ゆっくり私のペースでやさしい山から登り始めた。最初はつらくて、すぐ目の前にある登り坂だけが目に見えた。「いつ到着するの？　あとどれくらい進まなきゃいけないの？」という考えでいっぱいだった。

　しかし徐々に慣れてくると、足元だけを見ていた私が自然を見渡すようになった。木の葉が風に揺れる音が爽快で香りもよかった。何よりも、持久力と忍耐心が強くなった。あと一歩だけ行ってみよう、つらくてもあと一歩だけ行ってみようと私を励まし、結局頂上に到着した。

　頂上に立ってみると全世界が全て見えた。山の麓では見られないものが全て見えた。私のやり方で山を登っていくとすでに一年が経ち、私は再び奥地探査隊に挑戦した。

　気がついてみると私は、K2（インド北部カラコルム山脈にある世界で2番目に高い峰）ベースキャンプに向かう遠征隊員になっていた。近所の小学校の運動場を歩いていた私が、いつの間にかパキスタンの黒い砂利、カラコルム山脈を歩いていた。

　山を高く登るにつれ、周辺は何も見えなくなった。静けさと静寂という単語を生まれて初めて理解できた。ただ私が聞いた音といえば、私の足音とばくばくと鳴る心臓の音だけだった。一歩踏み出すたびに頬をくすぐる風だけが、私が生きていると気づかせた。

　氷河で覆われた巨大な山群が、前と後ろに立ちはだかりただ静かに存在していて、口を大きく開けたクレバスが、至る所で誰かが通り過ぎるのを待っていた。怖いとは思わなかった。巨大な自然の前にいる私は、ただしばし通り過ぎる単なる小さい存在に過ぎなかった。

　「世の中で、私一人だけ取り残されるってこんな気分なのかな？」

　心が穏やかになった。ビルで囲まれていた都市風景は、いつの間にか記憶の中でぼんやりとかすみ、何日間も夜を明かしながらもどかしくさせた悩みは、これ以上私にとって悩みの種ではなかった。大自然の前では、私が重要だと思っていたものは、何の意味もなかった。本当に余計で無駄だった。ただ生存のために、その日の決められた道を無条件に進み、食事は出されるたびに食べ、エネルギーを十分に備蓄しなければならなかった。

　チームで最も体力がなかった私は、いつも最後にキャンプ地へ到着した。以前とは異なる過酷さに涙を流し、諦めたい気持ちが突然現れる時もあった。

　ある日は、すぐ目の前で氷河を目にした。ゆっくりと近づき手で触ってみた。一生のうちに見られるだろうかと思っていた存在に出会うと「私はこれを見ようとここまで苦労して来たんだ」と感激した。

　K2を目の前にした日。以前とは異なる意味で涙が込み上げて来た。気分がとても変だった。2年前まではダイエットの強迫に縛られおかしくなりそうだったのに、運動なんて一生しないだろうと断言したのに、私は氷河の上に立っていた。これ以上、運動は私にとって単純に痩せるための行動ではなかった。一つの幸せな行動だった。

　2017年24歳の夏。K2で私は、自分がこれから本当に歩

んでいきたい道が何かについて悩んだ。過去に私は、ワナ
ビーになりたかった。皆から愛される美しい存在になりた
かった。細くて痩せた体で、幸せな人生を送りたかった。
しかし、美しさへと向かった道は、私の道ではないと気が
ついた。それよりももっと大胆で大きな夢を叶えて過ごし
たかった。誰かに憧れる道ではなく、完全なる私の道を歩
みたかった。痩せた後にやろうと後回しにしていたことを、
今この姿で挑戦し成し遂げたかった。

　夢の中で描いていた姿でなくても、私の人生は幸せにな
るという確信を得た。山を登ったように、つらくても黙々
と登っていけば、結局頂上に到着しているだろうから。

　美しさへの道。私には、ただその道しかなかった。必死
で道を走っていた私の足並みは、いつの間にか強迫と執着
に溶け、粘り強く張り付いてしまった。その時になって初
めて足を止め、周辺を見渡した。振り向くと、私の前に広
がる他の道が見えた。

　私の道は、誰かによって定められた一直線の道ではない。
時には新しい道を作り、時には後ろに戻り、他の道を選択
できる道である。人生の道がたった一つだけと信じて歩く
人と、違う道があると分かって歩く人は異ならざるを得な
い。

　今、この瞬間も「かわいくなることが私の人生を救う」と考え、一直線の道を歩いている人がいるだろう。私もその道を歩いたからこそ、今の自分が存在していると思う。だから「今誤った道を進んでいるから他の道を選びなさい」と言いたくはない。ただ、今進んでいる道が、ふいにつらくて息苦しくて大変と感じる時は、少し止まってみるといい。息を整え風を感じ、顔あげて空を一回見上げてみる。その間、美しさへと向かった道の最後に何があるのか、私だけの道を本当に最後まで歩もうとしているのかと、一度くらい考えてみてほしい。

ダイエットへの強迫と摂食障害が、これ以上コンプレックスにならないことを願った。私をもう傷つけたくなかったし、これ以上傷つきたくもなかった。そして私は両親に、私の話を正直に打ち明けた。

「お母さんとお父さんがとても私に関心が大きくて、大切にしているからこそ、私の見た目に対して正直に言ってくれたと思う。でも、お母さんとお父さんが私の見た目を評価した言葉を度々思い出してしまった。この言葉で私は自らを不十分だと思い、ダイエットへの強迫観念も抱くようになった。これ以上、私たち皆、見た目に対する指摘をやめたらいいと思うんだけど、どう思いますか？」

父は気まずそうにし、母は悲しんでいた。愛情で発した細かい言葉と行動が、娘に大きな傷を与えてしまったと申し訳なく思っているようだった。しかし私も理解する。私も誰かを見た目だけで評価して指摘していたから。お互いを理解できないまま、長い時間を過ごさなければならな

かったが、一度の正直な対話で繋がらないと思っていた心を繋ぐことができた。友達にも話した。

「ねえみんな、私、実はダイエットへの強迫にとらわれていて、そのせいで摂食障害になってしまったんだ。太るのが怖くて、食べた物をそのまま吐き出す時もあったの。とてもつらかったけど、皆に打ち明けてよかったと思っている。」

私の話を心配そうな顔で聞く友達。私は淡々と話したが、実際は皆が私を変な風に思わないか、とても緊張していた。私の話が終わる頃、友達から思いもよらないことを耳にした。

「実は、私もダイエットへの強迫観念を抱いているんだ。」

衝撃だった。ダイエットする人はたくさんいると思ってはいたが、強迫症と摂食障害にまでなった人が、私の周辺に多いとは思ってもみなかった。皆隠しているだけであり、水面下に隠れた氷河はとても巨大だった。
友達は私のように生理不順になったのはもちろんのこと、

美味しい食べ物を食べた後、トイレで便器をつかみ嘔吐した経験があった。

　さらには、食欲抑制剤を飲み、副作用がありながらも太るのが嫌で薬に依存する友達もいて、1kgでも太ったら対人恐怖症になったように家の外に出なかったという友達もいた。

　幼い時からかわいくて人気があり「あの子は日常が充実しているだろう」と早とちりした友達の人生も変わりなかった。痩せ型だろうがぽっちゃり型だろうが体型関係なく、あらゆる友達が皆、似たような強迫と摂食障害を経験していた。

　太ることを心配して食べる量を減らし、カロリーを計算し、食べて吐き出すなど、程度の差があるだけで、ダイエットのせいであまりにも多くの時間と感情を無駄にしているという事実は、全く同じだった。私たちが望むのはただ一つだった。きれいになること。痩せること。

　疑問が湧いた。私は、全て自分の過ちが原因で摂食障害になったと思っていたが、本当に私が受けた苦痛は100パーセント私のせいだろうか？　私と全く同じ苦痛を受けている友達も、各自が誤ってしまったせいで苦しまなければならなかったのだろうか？　私たちがお母さんのお腹の中にいる時から、細くて痩せている体が美しいと感じ、後

日生まれたらそう生きていこうと決心したのだろうか？
一体、何が私たちをこのように盲目的にダイエットに縛り
つけていたのだろうか？　なぜ私たちは、惜しい人生をこ
のように無駄に過ごしているのだろうか。

　個人の問題ではないと気がついた。専攻の授業を聞いて
いる時、教授が「ある現象が個人にだけ現れるのではなく、
特殊な条件や背景により普遍的に現れるのであれば、それ
は社会的研究対象になる」と述べたことを思い出した。

　そうだ。この問題は、長いこと社会的環境と共存してい
たのだ。幼い頃から、あまりにも抜け目なく注がれてきた
美しさに対する固定観念が積りに積もって、今の私たちに
影響を与えていると考えた。

　「女性の体重は、50kgを超えてはいけない。」
　「かわいければ試験をパスしたのも当然。」
　「お嫁に行って旦那に愛され、いい暮らしをすれば最高
だ。」
　「かわいければ就職もうまくいく。」
　「若くてきれいなうちに、早くお見合いをしなければ。」
　「女性はクリスマスケーキと同じで、25歳を超えたら
ピークが過ぎる。」

　頭から足先まで、私の外見を判断し評価する言葉の数々。
振り返ってみると、私は今まで人間ではなく女だった。そ
れも、最もきれいな女になりたいと願う女。しかし、最も
きれいな女というタイトルは虚像だった。そもそも、存在
さえしていなかった。

　でたらめな言葉に流され、今まであまりにも多くの時間
と感情を無駄にした。今は、社会が要求する人形になるこ
とを拒み、私という存在のままで生きていきたかった。他
の誰から愛されなくても、自らしっかりと立っていける強
い自分になりたかった。

　痩せたら本当の人生が始まると信じていた私を埋め、今
のありのままの姿で私がやりたいことをやっていこうとい
う気持ちが湧いた。

4

やっと自分らしく
生き始めた

食べたい物を食べ、やるべきことをやって、
運動したい時に運動して、睡眠と休憩も十分にとった。
すると、いつの間にか一定の体重で数字が止まった。
62kg。
私らしく生きるために、
自分の体が最も居心地よく感じる体重だった。
世の中が認める体重ではないとしても、
私の体を嫌悪し憎む理由はなかった。
むしろ、自分の体を肯定する理由で十分に溢れていた。
体重の十の位の数字が「4」であるべきという強迫も消えていった。

　ダイエットをやめて一年ほど経った頃だろうか。むしろ
体重が落ちていった。最初ダイエットをやめる時は期待すら
していないことだったが、いざ体重が落ちるとただ淡々
としていた。食べたい物を思いっきり食べて、体重が2～
3kg増えた後に痩せた程度だったが、体重が落ちたことよ
りも、生きる活力を得たことがとても嬉しかった。

　私の体は、私が食べたい物を必要な分だけ食べるよう食
欲を調節し、時々運動が恋しくなるように私を督励した。
気分が落ち込み憂鬱になるたびに歩いたり走ったりして、
勇気が必要な時は山を訪れた。バタフライがかっこよく見
えて、スイミングスクールにも申し込んだ。

　生理周期が不規則なのは、生まれ持った体質だと思って
いたが、驚くことにダイエットをやめると健康的な周期が
戻って来た。さらに、生理前に甘い物が食べたくなる自然
なホルモン作用を受け入れ、ありのまま楽しむことにした。
どうせ生理期間の終わりと同時に食欲はまた落ち着くだろ
うから。

　美味しい食事を楽しむことも同じ脈絡だった。どんなに

美味しい食べ物でも満腹だと「後でまた食べればいいや」
と考えて、スプーンを置いた。私の体を知っていく楽しさ
を感じると、私の体を信頼できるようになった。これがど
んなに難しく、また、すばらしいことなのか分かっている
ため、より自分の体にありがたさと愛おしさを感じた。

　このような人生が、本当の私の人生だった。自然なライ
フスタイルに合わせ食べたい物を食べ、やるべきことを
やって、運動したい時に運動して、睡眠と休憩も十分に
とった。すると、いつの間にか一定の体重で数字が止まっ
た。62kg。私らしく生きるために、自分の体が最も居心地
よく感じる体重だった。

　世の中が認める体重ではないとしても、私は無理して美
しくなる必要はなかった。私の体を嫌悪し憎む理由はな
かった。むしろ、自分の体を肯定する理由で十分に溢れて
いた。体重の十の位の数字が「4」であるべきという強迫
も消えていった。

　日常が元に戻ろうとしている頃、偶然「ボディポジティ
ブbody positive」というムーブメントを知った。自身の体を
ありのまま肯定すること。少なくても憎んだり嫌悪したり
しないこと。私の考えと相通づるものがあると知り、すぐ
私は自らをボディポジティブ運動家と定義した。そんな私
に、時々、疑問を投げかける人がいた。

　「痩せるのが面倒くさいから、ダイエットをしないということではないでしょうか？」

　「ダイエットに失敗した負け犬の弁明。」

　「本人が怠けたせいで痩せられないのを言い訳にしないでください。」

　最も多くもらったコメントは、肥満を合理化するなということだった。私は疑問に思った。狂ったようにダイエットに没頭し、強迫症と摂食障害を経て、やっとありのままの自分自身を受け入れて向き合えるようになったのに、これが肥満を合理化しているだって？

　日常を送ってみると、私たちは数多くの外見至上主義のメッセージにさらされている。今すぐ地下鉄に乗るだけでも、四方に溢れていると分かる。「整形してきれいになったら人生が変わる」「あの子はやったのになんで君はやらないの？」「副作用なしにきれいになりたい？　痩せた体が欲しい？　それならここに来て」。

　メディアは、スターがもっと痩せるためにどんなダイエットをしているのか秘訣を公開している。ドラマや映画では、逆境を乗り越えハッピーエンディングを迎えた女性主人公は、皆揃って美しく痩せていた。SNSでは、髪の毛、肌トラブル、ふくらはぎのライン、手足の爪、さらには乳

首までもピンクを帯びた色で美しくあるべきと体を判断して基準を定める。体を横腹の肉、太ももの肉、二重あご、ふくらはぎのライン、膝、僧帽筋など部位別に分け、「こうすればきれいな体」と達成するべきユートピアを作る。

　ダイエットを勧めるコンテンツは溢れている。どんな副作用が起きるか分からないまま、食欲抑制剤やカロリーカット剤を平気で勧めている。細くて痩せている人も、私と似たような人も、もしくは私より体重がある人も、全く同様に外見と体型を気遣い、365日ダイエットを叫んでいる。

　ダイエットの世界にユートピアはない。誰一人ダイエットは終わりがない無限のマラソンだと知らずに、ただ社会が作り上げた美の基準を追うために一生懸命走ってばかりいる。私も崖っぷちに追いやられる前までは分からなかった。しかし、その端に立ってみて、気づくことができた。まるで、社会が美しさを奨励しているようだった。努力して美しさを手に入れろと、そうでないお前は怠け者とレッテルを貼る残酷な修羅場だったのだ。このような状況で「少なくとも自身を憎まずに、しっかり向き合って肯定してあげよう」と言うことが、なぜ肥満を合理化するように思えるのか、メッセージを歪めて解釈する人に聞いてみたい。

「むしろ、あなたこそ美しさと痩せに対する強迫を抱いているのではないでしょうか?」

　どこに行っても、私が一番きれいな人じゃなくてもいい。きれいであることは私の価値を上げるパワーではないから。それが真のパワーなら、トランプもハイヒールを履いてフルメイクをしたに違いない。

　代わりに他の欲求が現れた。私はしばらくの間放っておいたバケットリストを引っ張り出した。ビキニを着る、彼氏を作るなど、ダイエット成功を前提に書いた目録を見て笑いが出た。なんだ、今の姿でも十分にできるんじゃない?　本気でそう思った。バケットリストで一番やってみたかった最後の一つ。太った身でも、このくらいなら大丈夫だろうと思って書いた「モデルのアルバイトをやってみる」が見えた。私は自分に聞いた。

　「アルバイトだけで満足できる?」

　満足できなかった。幼い頃の記憶を思い出すと胸がいっぱいになった。結末を見てみたかった。大学卒業まで、一年の時間が残っていた。就活生と同じように、私も企業の採用に向けて準備し、多くのスペックを積み上げなければ

いけなかった。しかし私はダイエットのせいで、今まであ
まりにも多くの時間を無駄にした。卒業前までに余った時
間まで、やりたくないことをやりながら過ごしたくなかっ
た。学生の身分のうちに、やってみたい全てのことに身を
投げてみたかった。痩せていない今の姿そのままで。

もっと太って来てだって？！

　アシュリー・グラハム Ashley Graham。アメリカで最も有名なプラスサイズモデルである彼女の存在を知ると希望が見えた。すでに海外では、44サイズでなければモデルになれないという境界が薄れていて、少しずつモデルのサイズが多様になっていた。今の体のサイズを変えなくても、十分に努力をすればモデルになれるだろうという期待が生まれた。

　韓国でもプラスサイズモデルを選抜する所があるのかインターネットで検索してみた。メジャーなファッションブランドでは、プラスサイズモデルを登場させるケースがめずらしく、ほとんどの場合、プラスサイズの顧客をターゲットにした衣類を販売するショッピングサイトでモデルを採用していた。その中で、ある有名なショッピングサイトが、プラスサイズモデル選抜コンテストを開くという告知を発見した。私はわくわくした気持ちで、必要な書類が何か確認した。履歴書と自己紹介書、自身をよく見せる写真。そう、プロフィール！　プロフィールが必要だった。

　私はすぐに、対外活動を通して親しくなった後輩に連絡

した。後輩はアイドルグループTWICEが好きで、時々カメラ装備を借りて撮影する不定期のホムマ（カメラを持ってアイドルのスケジュールを追い、写真と動画を撮る情熱的ファン）だった。人物写真を撮る実力だけは、誰にも劣らない優れた友人だ。プロフィール写真をお願いすると快く承諾してくれて、すぐに日程を定めた。カメラ装備レンタル業者で、後輩が指定した機種のカメラとレンズを借りた。そして、私たちはミュージックビデオによく登場する廃墟遊園地「ヨンマランド」へ向かった。

　私は、カメラ装備を揃えて写真を撮るのは初めてだったので緊張した。最初は、モデルのプロフィールをどうやって撮ればいいのか分からなくてぎこちなかったが、徐々にポーズと表情が自然になった。シャッターを押す後輩の指も次第に忙しくなった。幼い頃、祖父が写真を撮ってくれた記憶を思い出した。純粋で楽しかったあの頃。モデルをずっと夢見ていた私が、今ではモデルになるために本格的に一歩を踏み出している。

　後輩にプロフィール写真の撮影を任せたのは、神の一手だった。思ったよりできあがった写真がものすごく良かった。写真の中の私は堂々としていて、幸せそうにも見えて、アンニュイさも見えた。今、この姿でかっこいい写真を撮れるんだ。再び感極まった。そして私は「このくらいなら

一生懸命準備した」という思いで丁寧に書類を準備し、コンテストに応募した。

　幸いにも、1次書類審査合格の連絡をもらった。待望のオーディションを迎えた前日、私はオーディションに何を着ていこうか友達と一晩中考えた。ボディラインが見えるティーシャツとスキニージーンズを着るべきか、ファッションセンスと体型カバー能力を見せつける服を着るべきか、二つのスタイリングで悩んだ。

　次の日、わくわくした気持ちでオーディションに行った。その場にはやはり、期待通りの多様なサイズのモデル志願者がいた。オーディション合格者は、この中でたった一人だが、ここで知り合う人と親しくなるのもいいだろうと考えた。そんな中、オーディションの担当者にみえるスタッフが私に話しかけた。

　「パク・イスルさんは、間違って来たのではないでしょうか？」

　その瞬間、ぐっと不安が押し寄せた。確かにサイズの基準は77からで、私も77のサイズの服を着ていたからコンテストに応募してここまで来られた。焦りと不安を感じながら、オーディションの部屋に向かった。そこには、三名

の審査員がいて、モデル志願者に志望動機から好きなスタイル、好きなブランドなど質問した。ようやく私の順番がやってくると、全く予想もしなかったことを耳にした。

　「77サイズに全く見えないのですが？　一回立ってもらってもいいですか？」
　「プラスサイズモデルになるには、インパクトが足りない気がするが。」
　「合格した後、太るように言ったら太れますか？」

　戸惑った。もっと太らなければいけないだって？　しかし、モデルになりたいという気持ちでいっぱいで、直ちに答えた。

　「必要であれば太れます。」

　そのように面接を終え家に帰る途中、正体不明の慚愧の念に覆われた。「なんで私は、もっと太って来られると答えたのだろう？」今のこの姿を受け入れ、全てに挑戦しようと決心してから少ししか経たないのに、いざモデルになれると思うと焦りを感じたのだ。再び私の体を見捨て、新しい体を手に入れると答えた自分自身に衝撃を受けた。

　幸か不幸か、私はプラスサイズモデルオーディションに落ちた。もちろん、該当ブランドが求める価値があり、それに私は適切ではなかったので残念ではなかった。しかし、44サイズのモデルよりサイズが大きければ、絶対にプラスサイズだと思っていたが、調べてみるとプラスサイズモデルにも「このサイズ以上でなければいけない」という暗黙の基準が存在すると初めて知った。

　再び道を失った気がした。結局私がモデルになるには、今の姿から痩せるか太るか、どちらか一つ選ばなければいけなかった。

　もっと太るか、もっと痩せるかの別れ道に立った私は、ものすごく悩んでいた。やはり、今の姿でモデルになるには足りないのかな？　再び絶望に陥ろうとした瞬間、落ち込んでいるだけの時間がもったいなく思えた。私は失敗を経験したら諦めるよりも、どうすればやり遂げられるか考える人だ。方法を探し続けると、突破口が見つかるような気がした。

　そんな中、インスタグラムであるプラスサイズモデルを知った。彼女は主に海外で活動していて、様々な話をしていくうちに、彼女に私の悩みを打ち明けることになった。やはり、天が崩れても抜け出せる穴はあるという昔の先祖の言葉が正しかった。彼女は私に耳寄りな話をしてくれた。

　「ナチュラルサイズモデルというのを探してみてください。プラスサイズモデルと44サイズモデルの間のサイズを着るモデルのことです。海外ではすでに、多様なサイズのモデルが登場して活動していますよ！」

　ナチュラルサイズモデル。口の中で回る語感が気に入った。私にぴったり合う服を見つけて、着ているような気持ちになった。まるで運命が私に、この道が合っていると指をさしているような気がした。44サイズモデルもいてプラスサイズモデルがいるならば、結局はモデルになるための完璧なサイズはないと考えた。むしろ大韓民国の女性にとって、最も一般的なサイズであるナチュラルサイズのモデルになれば、ますます人々のためになりそうだった。ナチュラルサイズモデルになるには、何を準備をしなければいけないのかを探すため、うきうきした気持ちでインターネットで検索した。

　「ナチュラルサイズモデル」

　軽快にエンターキーを押したが、期待とは裏腹にナチュラルサイズモデルに関する情報は一つも見当たらなかった。いや、ナチュラルサイズという表現は使われていなかった。出てきたのは研究所の「ナチュラル模型」「ナチュラルモデル」などの名前で、何かを実験した研究資料ばかりだった。グーグル検索で出てきた英語の資料は、韓国で適用できる事例ではなかったので、ますます役に立たなかった。
　他に誰か挑戦した人がいるならば、その先例を真似すれ

ばいいが、本当に何も情報がなかった。何も。やってみたい職業がある時、その職業についての情報がないケースは、生まれて初めてだった。また、目をぎゅっと閉じた。この場合どうすればいいかと友達に電話をかけた。友達は意外にも、簡単に答えを出した。

「じゃあ、イスルが国内第一号のナチュラルサイズモデルになればいいじゃん。」

頭を抱えて悩んでいたことが恥ずかしくなるほど、友達の返答は簡潔で直感的だった。とても的を得た言葉で、とうてい反論できなかった。

「そう、今から私が国内第一号ナチュラルサイズモデルだ！」

詩人のキム・チュンス氏はこのように述べた。誰かが名前を呼ぶまでは、ひとつの仕草に過ぎないと。しかし名前を呼んであげるとこっちにやって来て花になると。その時から、私は自身をナチュラルサイズモデルと定義した。小さな羽ばたきの始まりだった。
　その次にやることは、活動名を決めることだった。まず

思い浮かんだのは、高校生の時からついたあだ名「パク
デュ」だった。「イスル」を英語に訳したら「雫dew」なの
で、クラスの友達がつけたあだ名だった。おなじみで独特
だったが、一つ気になる点があった。パクデュを誤って発
音すると、英語の悪口のように聞こえた。後に、海外でも
活動する予定なのに、今の時点で発音に欠陥があってはい
けないと考えた。そして思い切ってパクデュを除外した。

　二つ目に思い浮かんだのは「マウンテンデュー」。まわ
りの人々が「登山好きのイスル」とつけたあだ名だった。
残念だがすでに著作権があるスポーツ飲料の名前であり、
キーワード占有率からして、全く最初から戦いにならない
と考えた。すぐに除外。

　その他にもイングリッシュネーム「ジニー」「エステ
ル」など日頃からかわいいと思っていた名前を思いついた
が、これという活動名はなかった。またもや深い悩みに
陥った頃、普段から目をこらして観ていた映画の人物が
思い浮かんだ。まさに映画『マッドマックス：怒りのデ
ス・ロード Mad Max: Fury Road』に登場する「チド（フラジー
ル）」だった。

　映画『マッドマックス：怒りのデス・ロード』は、主人
公の女性たちが「イモータン」という悪党の下から抜け出
し、主体的に生きる人生を探すストーリーである。序盤の

イモータンから逃げるシーンで、「また戻ってみよう、イモータン様も私たちを許してくれるはず！」と唯一弱音を吐くキャラクターがまさにチドだ。しかし話が進むにつれて、チドは勇気を得てイモータンに対抗していく。実際、チドはこの映画を何回も観た人でもあまり覚えていないくらい存在感が薄いキャラクターだ。しかし私はチドの姿を忘れられなかった。チドが挫折し駄々をこね弱音を吐いても、結局再び立ち上がり挑戦する姿から私の姿が見えた。モデル、チド。意図していなかったが、活動名を決めてみると、漢字で「道を正して磨く（治道）」とも解釈できた。見れば見るほど気に入る名前だった。

　モデル活動のポートフォリオとファッションデイリールックをあげるSNSアカウントも開設した。初めての投稿をあげて、わくわくしながらハッシュタグを使った。＃ナチュラルサイズモデル＃チド。ハッシュタグを見たフォロワーが何かと聞いた時は、喜んでナチュラルサイズモデルについて説明した。

　モデル活動の始まりは簡単だったが、過程は決して容易いものではなかった。プロフィール写真をさらに撮りコムカード（composite cardの略語でモデルがキャスティング担当者に見せるために整理した活動履歴）を作り、数多くのメー

ルを送った。ナチュラルサイズモデルはもちろんのこと、一般モデルを選ぶ所でも、良さそうであればコムカードを送った。メールには、常にこのような言葉を付け加えた。

「私は66〜77サイズのナチュラルサイズモデルです。大韓民国で最も一般的なサイズの私がモデルになれば、購買者にとってさらに役に立つのではないでしょうか?」

メールを数十通送ったが、一ヶ所からも返事がないなんて! そもそもメールを読まない所も多かった。そして私は、普段からチェックしていた衣服ブランドに直接連絡し訪れることにした。私のように積極的な人がめずらしかったのか、私の連絡をもらった担当者は興味を示し、私は実物だけでも見てもらいたいと説得して、一対一のオーディションの機会を得た。何ヶ月間、収穫はほとんどなかったが、それでも諦めたくなかった。

アパレルブランドにこまめにメールを送り連絡を繰り返すと、約8ヶ月後に、私はあるプラスサイズ向けショッピングサイトのメインモデルになった。事業をこれから始める新しい企業で、私みたいなナチュラルサイズモデルと一緒に働いてみたいと先に提案してくれた。

一ヶ所と契約をすると、次の仕事はもう少しスムーズに

入ってきた。一度は快適でナチュラルな女性下着を作るブランドから連絡がきた。実際、モデル活動をしながら下着のモデルを一度は絶対にやってみたいと思っていた。今まで下着モデルは痩せているモデルの占有物だったが、その中で作り上げない楽な体を堂々と出して、標準破りの撮影をしたいと願っていた。実際、最初に提案を受けた時、下着撮影という点のせいで慎重になり、断ろうかと悩んだ。しかしミーティングで話した担当者全員が、女性の体に対して私と似たように考えていると知り、迷いは消えた。その場で契約書にサインをして撮影日程を決めた。

　少しずつモデルとしての位置をつかんでいるようだったが、相変わらず仕事は44サイズモデルに比べると少なかった。これでは、遠い未来の私を自分で責任取れないと考えた。ナチュラルサイズモデルをもっと広める必要性を感じた。

　高校までは私服より制服を着る日が多かった。もちろん、私服もうまく着こなしたかったが、私の主な関心は「どうすれば制服をより痩せて見えるように着こなせるのか」だった。しかし、大学に入学して恋愛をしてみると、彼氏にかわいく思われたい一心で、自然とスタイリングに対する関心が燃え始めた。

　もちろん、スタイリング感覚に優れた友達もいたが、そうでない場合は服をたくさん買って着てみて、センスを身につけることが重要だ。私もまた、ファッションセンスに優れない方だった。加えて77サイズという壁もあったため、どの服を着ればいいのか、どんな服が似合うのか何倍もさらに悩んでいた。

　ここで隠していたい私のファッション黒歴史を話してみようと思う。今考えてみてもとても恥ずかしい黒歴史は、大学生の頃生まれて初めて彼氏と100日を迎えた日に起きた。私はまるで音楽家が自身の演奏会で着るような黒いワンピースを身につけて行った。一方、彼氏はシンプルなシャツにスラックスをはいてやって来た。特別な日には着

飾るべきと思ったが、私はいざとなると最も重要な年齢を考慮できずにいた。私の姿を見た彼氏の戸惑いの目を忘れられない。さらには、その日、ヒールが高い靴を履いていて、ヒールが私の体重を支えられなかったのか、重心を取れず足にひどい痛みを感じた。結局、彼氏が靴を取り替えてくれた。

　大学2年生の時は、さかんに体重が落ち始め50kg台まで体重が減り、若干の自信がついた状態だった。当時、アイドルの華麗な衣装が流行っていて、私はミント色、ホットピンク色、黄色、さらにはドットパターンの派手なブラウスとパンツを昼夜休まず続けて購入していた。いざ買ってみると、私が持っていた服の中には、あれこれマッチして着られる基本アイテムがなかった。仕方なく派手な服に派手な服をマッチさせるしかなかった。ホットピンク色のブラウスにミント色のパンツをはく方式だった。おそらく私は歩く蛍光灯のように見えていただろう。

　学校には丘がたくさんあった。特に私が通っていた社会科学部は、丘の高い所に位置していた。私はその道をハイヒールを履いて通っていた。蛍光灯ファッションにハイヒールの組み合わせ。勉強しにいくのではなく、まるで誰かに私の姿を見せびらかすために通っていたようだ。足首と足の裏が痛みを訴えているのに、ハイヒールを諦められ

なかった。

　幼い頃のカーゴパンツの苦い思い出のせいだろうか？流行りの服と着てみたいスタイルについて「少し痩せたから着られる！」とわくわくして歩き回っていた。実際には自分がどんなスタイルが好きで、どんな服が似合うのかも分からないまま。

　幸いにも多くの黒歴史を持っているおかげで、私だけのスタイルを見つけ、その経験を基盤にユーチューブで話したいストーリーも増えた。私がユーチューブを始めた理由は、ナチュラルサイズモデルを広めるためだった。国内ファッション業界では、ナチュラルサイズモデルという概念がめずらしかったため、これを効果的に知らせる方法は何か悩んでいた。その時、ファッションがナチュラルサイズモデルとボディポジティブをつなげるかけ橋になった。

　「サイズ、体、ファッションはお互いに切り離せない関係。」

　過去に、私の体を愛せなかった理由の一つとして似合わないファッションがあり、私と似たような悩みを抱えている人に向けて生活密着型ノウハウでいっぱいのファッションスタイリングコンテンツを提供すれば、自然にボディポ

ジティブのメッセージを伝えられると思った。

　ちょうどその頃、ファッションユーチューブ市場は、女性が渇望する44サイズクリエーターが大半だった。彼女たちのチャンネルも十分にすばらしいノウハウが多かったが、もう少し多様なサイズのファッションクリエーターが登場すればいいと思っていた。

　過去に私は、痩せたら明るい色のパンツをはいて、完璧な体でなければ水着を着て海に遊びに行けないと思っていた。しかし、スタイルは体型だけで作られるものではない。サイズが大きくても十分にファッションを楽しめる。

　私がユーチューブで登録者に伝えたいメッセージは簡単だった。「服に体を合わせるのではなく、私の体に服を合わせよう」ということ。主体的なファッションライフを督励するという意味だ。ある時は「痩せて見えないからって何？　着てみたい服を着て、今幸せになるのも一つの方法だ」と言っていた。特に、サイズが大きくなるにつれて消極的に着てしまう水着、下着、スポーツウェアのようなアイテムを積極的にコンテンツに活用した。

　何よりも、ファッションコンテンツにボディポジティブメッセージを込めたかった。どんなコンテンツが良いか悩んでいた中、海外で流行する「着せ替え」の映像を発見した。一つのテーマに合わせた服を準備してハンガーにかけ

ておき、直接服を脱いでスタイルとフィットを見せるコンテンツだった。うまくやれば、ファッションのノウハウとボディポジティブメッセージを全て伝えられると考えた。

　その時まで韓国には、着せ替え形式の映像を撮る人はいなかった。二通りのケースが思いついた。運よくもこのコンテンツを誰も発見していなかったケースか、そもそもコンテンツを作る理由がないので（下着だけ着て始めるという点が国内のムードと合わないため）存在していないケースか。悩み始めた。

　卒業まであと一学期が残った時点なのにもかかわらず、授業に集中できなかった。数日間ずっと「このコンテンツをやってみようかな？　やっても大丈夫かな？」という悩みだけを繰り返した。悩みが解決されず、学科の同期と先輩に意見を聞いてみた。

　「着せ替えの映像を韓国で初めて始めるとすれば、人々はどう受け止めるかな？　下着よりは負担のない黒いトップやアンダーパンツを着て撮影する予定。なぜなら私は女性の身体が自由であることを望むのであって、性的対象になることは望んでいないから。少しの余地も与えたくない。特に初の試みだからますます。」

　同期と先輩は、社会科らしく多様な観点で意見を述べて
くれた。急進的だったが十分にやってみる価値のあるすば
らしい試みだと、私を応援してくれた。熱い討論の末、価
値があるとの結論を得た。決定を下すと、もう少し細かく
私だけの企画基準を設けた。

　一つ、身長と体重を公開する。
　体重がタブー視される雰囲気を壊したいから。
　二つ、ポーズと表情を考える。
　性的対象化を最大限に除きたいから。
　三つ、単語の使い方に注意する。
　どんな意図を込めるのかによって結果が変わるから。
　四つ、ブランド選択を慎重に行う。
　私でさえ着られないサイズの服を売るブランドは、お金
をくれるとしても紹介したくないから。

　このようにして、「チド　着せ替え」コンテンツを世の
中に出すことができた。映像で私は、積極的に私の体と
ファッションを公開した。映像が多くの人気を得ると、私
に力を与えナチュラルサイズモデルになれるよう導いてく
れたボディポジティブメッセージを本格的に広めたいと
思った。これ以上、自分の体を隠して憎まないでほしいと

いうのが私の願いだった。それが全てだった。そして、私が経験した摂食障害とダイエット強迫の話を世間に公開することにした。

　不特定多数に私の過去の恥部を曝け出し、コンプレックスについて話すことに怖れも感じた。しかし必ずやらなければいけないと考え、思ったより多くの人がなってしまう摂食障害とダイエット強迫に対する問題を明らかにさせるべきだと思った。

　私はかつて、摂食障害は私自身に原因があって私一人だけが経験するものだと思っていた。だから寂しかった。しかし、友達に告白すると心がすっきりした。何よりも、私だけが経験することではなく、思ったより多くの女性が経験するという事実に驚いた。誰かこの悩みを一緒に分かち合う人がいればという思いでいっぱいだった。

　どのように話を始めたらいいか大きな枠だけ決めて、カメラをつけた。台本なしに淡々と話を始めた。摂食障害になった話、克服しようと努力した話、ダイエットをやめた話、食欲を憎んだ話、ボディポジティブに対する考えまで、一つずつ話した。徐々にコンテンツが積み重なるとコメントがつき始めた。皆、本人に対する自責、美しさに対する強迫、壊れた日常、摂食障害になった苦痛について長く書いてくれた。

　コメントを読みながら心が痛んだ。私たちはなぜこのような経験をしなければならなかったのか。映像を通してのコミュニケーションでは足りないと考えた。私だけ話して終わるのではなく、もっと積極的に人々が直接自身の体を肯定し、幸せに受け止められるように考えをインプットさせたかった。そんな中、私に運命のようなことが起きた。

　夢を見た。夢の中で私が直接ファッションショーを主催し、モデルを選ぶオーディションだった。ランウェイにあがる前、バックステージで呼吸を整える私の姿を見た。夢を見ると起きた後すぐに忘れがちだが、この夢は不思議にもとても鮮明に覚えていた。

　ナチュラルサイズモデルの仕事を始めてからファッションショーに立つことが、まさに私が叶えたい最も大きな願いとなった。だから、いつか有名なモデルになり有名ブランドのショーに立つことを望んでいたのであって、私がファッションショーを主催するとは一度も考えてもみなかった。なぜなら私はデザイナーではないからだ。しかし、皮肉にもその日見た夢のせいで、私の観点が変わった。

　夢を見た後も、たびたび夢の内容が思い浮かんだ。じっと考えてみると①サイズの差別がない世の中になり②私が有名モデルになり③ファッションショーのランウェイに立つよりも、むしろ私がファッションショーを主催し舞台に上がる方がもっと早い気がした。

　「ファッションショーを主催するには、何が必要だろうか？　とりあえず、多額の資本？　その資本はどこから得るのかな？　アルバイト？　投資？　クラウドファンディング？」

　マインドマップを描くように考え続け、ふと、登山で知り合ったあるお姉さんのSNSで「夢　公募展」という単語をちらっと見たことを思い出した。私が見た写真の中でお姉さんは、公募展対象のプラカードを持ち、にっこりとカメラを見ていた。プラカードに書かれていた金額は一千万ウォン。金額を驚くほどはっきりと覚えていた。一千万ウォンならファッションショーを開催できるよね？すぐにお姉さんにどのような公募展なのか、何を準備するべきなのか尋ねた。

　お姉さんは、喜んで連絡をしてくれて、公募展について細かく教えてくれた。すぐ事前説明会が開かれるから申し込んで聞いてみるといい、イスルの夢なら絶対に合格できる、絶対に挑戦してほしいと応援してくれた。すぐに事前説明会が開かれるなんて、タイミングが良かった。

　私が応募した公募展「BAT Do-Dream（トゥドゥリム）」は、応募者の中から青年10チームを選び、各800万ウォンを支援し、彼らが計画した夢を実行できるようにサポー

トする一種の社会還元型プログラムだった。数ヶ月間、夢の企画を実行した後、また審査を通して一つの対象チームを選定し、一千万ウォンの賞金を支給した。10チームを選定する審査過程は、1次は書類提出、2次は詳細な夢企画書提出、3次は面接にわたった。

　私は公募展に大韓民国第一号ナチュラルサイズモデルとして「サイズ差別のないファッションショー」を主催するという夢の内容で応募した。私のファッションショーだけは、どんなサイズだろうが関係ない多様なモデルを披露したかった。本当に切実な思いで各審査過程に挑んだ。毎晩、公募展に合格する瞬間と支援金800万ウォンでファッションショーを開き、ステージを飾る想像をした。公募展が終わった後、大賞を受賞し一千万ウォンをもらう想像もした。

　「2018年BAT Do-Dream公募展！　その栄光の大賞受賞者は……国内第一号ナチュラルサイズモデル、パク・イスルさんてす！」

　ある日は、想像の中のシーンがとても生々しくて、私も思わず涙でぐっとなってしまった。そのくらい切実な思いで準備した。

　私の気持ちが天まで届いたのだろうか？　結局、公募展

に合格した。今、私がすべきことは800万ウォンの予算で無事にファッションショーを終えること。合格だけが全てではなかった。これからが本格的な始まりだった。

　私ができることは、大体こうだった。①ファッションショーの具体的な企画と大枠を決め②場所を調べ③演出を構想し④ショーの名前とスローガンを決め⑤ポスターとチケットを作り⑥モデルを選んでウォーキング練習を行い⑦モデルに着せる服の協賛を受け⑧リハーサルし⑨ファッションショーを広報し⑩チケットを売って客席をいっぱい埋めること。この全ての過程をほぼ一人で行わなければいけなかった。幸いにも、知人に手伝ってもらいながら大体の企画を練り、ポスターやチケットなどデザイン関連の仕事を早く終えることができた。しかし、ショーを準備する全ての瞬間が私にとって危機的だった。

　ファッションショーの名前を決めた。第1回サイズ差別のないファッションショー『明日着る服』。誰もが「明日何着ようかな？」と悩む。しかしサイズが大きいほど、選択できる服も、挑戦できるスタイルも制限されてしまうという偏見がある。私はこの偏見を壊したかった。そしてこのショーだけは、サイズが大きい人であろうとも、明日着る服の選択肢が多いと伝えたかった。

　モデルの募集を始めた。書類審査では、サイズを記載できないようにした。しかし、応募者がなぜモデルに応募したのか知るために、動機を聞く欄だけ大きく作った。そもそも私のショーでサイズは重要ではないため、応募者の話を聞くだけで十分だった。思ったよりも、遥かに多くの人が応募した。そして、私も真剣な思いで彼女たちの話を聞いた。

　「元々、モデルが夢でした。私の太った体でモデルになれるとは思ってもみなかったです。常に無理だろうと思っていましたが、挑戦してみたいと思いました。」
　「私はひどい外見コンプレックスに囚われていました。私自身を愛せませんでした。ファッションショーに立つ自分のかっこいい姿を見て、コンプレックスを克服したいです。親にも見せてあげたいです。私ができるということを。」

　このショーは、私だけが強く願っているのではないと分かった。人々の志望動機を読めば読むほど、さらに力が出た。たとえ危機が訪れても、ショーを絶対に成功させなければいけなかった。私がそのように作らなければならなかった。

応募書類を送った人の中で、ちゃんと告知を熟知しないで抜け落ちた資料があったり、誠意なしに一、二行だけ書いた人は除外して、皆オーディションに招待した。オーディションで実際に会った人たちは、とても輝いていた。様々な質問と答えを交わし、私は最後にウォーキングをお願いした。ファッションショーに立つとなれば、少なくとも100人を超える観客の前で歩くため、今ここで恥ずかしがらずに堂々と歩けるのか確認したかった。

　私の心配は、直ちに消えた。一体このような才能をどうやって隠して生きてきたのかと疑問に思うくらい、皆それぞれ個性溢れるウォーキングを披露した。むしろ、私はこの中から、どうやって20人を選抜すればいいのか困り果てた。

　難しい決定の末、20人を選抜した。20人のモデルにこれからの日程を説明するオリエンテーションとウォーキングを練習するクラスを設けた。ウォーキングクラスには、私にナチュラルサイズモデルへの道を教えてくれたプラスサイズモデルを先生として招いた。

　その次は、皆夢見ていたが贅肉もしくは外見コンプレックスのせいで着られなかった服を着て、プロフィール写真を撮影した。一人ではなく一緒に作るという思いがお互い

の心を強くした。

　しかし、全てがすんなりと進むわけではなかった。そもそも、ファッションショーでお金を稼ごうと考えていなかったので、チケットを無料で配布したかったが予算が足りなかった。何よりも、サイズが多様なモデルに重点を置いたため、個人のサイズに合った服を手に入れることが一番難しかった。私がモデルとして活動していた二つのブランドが衣装を協賛してくれたが、それでも20人のモデルが二回ずつ着る合計40着の服を満たすには力不足だった。ファッションショーのコンセプトに適切な服なのに、サイズがなくて着られないこともあった。改めて、韓国はサイズの差別が蔓延している社会という事実を痛感した。私は、直接東大門の夜市場を回り、望む服を見つけるまで毎晩、市場を歩き続けた。

　ファッションショーまで後7日。ファッションショー取材の要請書を作り、興味を示しそうなメディアにメールを送った。また、ポスターからチケット、演出、モデルのプロフィール写真まで、小さなもの一つでもファッションショーの意図が伝わるように気を使った。私の小さな叫びが世の中に届くようにと祈りながら。

　ファッションショー当日。2018年11月10日弘大のヨニ芸術劇場。ショー会場は、オンラインで完売した事前チ

ケット購入者とモデルの家族、現地でチケットを購入した
人、取材要請書を読んで訪れたメディアの記者で溢れてい
た。押し寄せた人波に、驚きと安心感が交差した。

　ファッションショー開始1分前。トップでランウェイを
歩く私は、すでに舞台の裏に立ち開始を待っていた。どき
どきばくばく。やっと自分がどこに立っているのか把握で
きた。私はファッションショーを開き、今日がまさにその
日で、何秒後にステージに出る。その瞬間、全身に鳥肌が
立ち、約1年前に夢で見たシーンを思い出した。バックス
テージでスタンバイする姿。夢を見た次の日の朝から今ま
で起きた全てのことが、パノラマのように頭の中を過ぎ
去った。たったの一冬で、忘れられない夢を現実にした状
況を信じられなかった。

　照明が明るくなり音楽が流れた。心臓がはちきれそう
だったが、足を踏み出さなければならなかった。明るい照
明のせいで観客がよく見えなかった。そしてもっと前に踏
み出した。一歩一歩少しずつ進むたびに、観客のシルエッ
トが鮮明になった。すぐに私を囲む観客の姿が見えた。彼
らの眼差し、瞳と目があった。目で彼らに叫んだ。私たち
はここにいると。サイズ関係なしにファッションショーの
舞台に立つ私たちを見守ってと。

　その後は記憶にない。服を着替え他のモデルの順序を確

認したり、またウォーキングに出たり。嵐のような時間
だった。ファッションショーが時間通りに終わったおかげ
で、追加で準備したトークライブも無事に終えられた。安
堵感が全身に広がった。結局、叶えたんだ！　おめでとう
イスル！　私自身に挨拶した。私が夢を叶えるために始め
たファッションショーだったが、同時に私たち皆の夢も一
緒に叶えたことを不思議に思った。

　ファッションショーを起点に変化が起き始めた。とりあえず、試しにやってみようと送った取材要請書のおかげでファッションショーが知れ渡り、その後不思議なことに多くのメディアから連絡をもらった。有名なメジャー放送局をはじめとする外信からも、ボディポジティブとナチュラルサイズモデル、そしてこの全ての内容を含むユーチューブチャンネルについて知りたいと連絡が来た。メディアの記者たちは、好奇心で溢れた質問リストをぎっしり埋めて送り、私は水を得た魚のように今まで話したかったことを楽しく話した。その中でも特に、多くの人がユーチューブチャンネルに対して関心を持ち質問をした。

　「ユーチューブコンテンツの企画はどうやって行っていますか？　アイディアが途切れる時はありませんか？」

　そのたびに私は、「いつも話したかったことを映像で話しています」と短く答えたが、正直「話したかったこと」がどこから来るのか、一度も公開したことはなかった。な

ぜなら、とても恥ずかしかったから。私の映像は、ことごとく私の恐れに起因していたからだ。

　ダイエットをやめた時、生まれて初めて耐えられない恐怖と向かい合った。一生、太った姿で生きたくないという気持ちと嫌われたくないという気持ちが重なって自身を愛せなかった私を、真っ直ぐ見つめて認めてあげなければならなかった。そして60kgを超える体が「私の物」という事実を自分に通告した。申し訳ないが一生そうやって生きていくとしても、私は私を愛していくと。

　恐怖に直面した勇気は私を成長させた。つらかったが、少しずつ勇気を出す練習をしたようだった。映画の中のチドは、最初は怖いと文句をぶつぶつ言い、できないと、また戻ろうと弱音を吐くが、結局打ち勝つ人物だから。その時から恐れは、映像を始める原動力となった。

　私の体重と贅肉を人々に曝け出したくなかった。中高生の頃、身体検査の日にクラスの友達の前で背と体重を測るのがとても恥ずかしかった。その後も、私は自分の体を隠すのに精一杯だった。頭から足先まで黒色の服を着ていて、座るたびに太ももの肉を隠すためにカバンを持って座ることが習慣になってしまい、とっさにそうしてしまう時もあった。

「一体、贅肉に対する拒否感は、どこから来たんだろう？　そう、体重が重いと人々から馬鹿にされる気がしたし、嫌われて認められないだろうという恐れから始まったことなんだ。でももう私の体と体重が、私の価値を代弁できないとよく分かっている。何よりも、今の姿で十分に認められ愛されることができる。だから太ることに対する恐れに、打ち勝たなければ。」

　そして、ユーチューブのサムネイルとタイトルで身長と体重を公開し、服を直接脱いで着替える映像を撮った。わざとそうした。これ以上、私の体がからかいと恥ずかしさの対象になることを許さないと決意した。
　ユーチューブをやりながらも、不安はずっと残っていた。私はファッション専門家でなければ専門用語も知らないのに、どうファッションコンテンツを始めるのかに対する不安があった。ファッション専門家でなければ、ファションのコンテンツを作れないのだろうか？　ひょっとすると、この体だからこそ、私だけができるファッションの話があるのでは？　専門性とは何だろうか？　ずっと続けていくと、専門性は時間によって得られるのではないだろうか？　このようにして今の生活密着型の映像を制作するようになった。

　ダイエットの強迫と摂食障害を告白した時も怖かった。私の経験が傷になり未来の邪魔をするのではないかと心配した。しかし隠したくなかった。私がなぜボディポジティブの話をするのか話したかったし、私と似たような苦痛を経験する人々の力になりたかった。そして勇気を出して打ち明けたのだ。

　私についてよく知らない人は、「名前だけのナチュラルサイズモデルであって、太っていることを合理化しているだけじゃん」「あの子はいい大学を出たのにかろうじてやっていることがユーチューブだって？」と言い、私がなぜこのような活動をするのか理由について全く関心を向けなかった。だから映像に映る私の姿だけを見て、私を判断したらどうしようという不安があった。

　誹謗中傷する人たちが必ずいるということは予想していた。なにしろ、私はこれ以上自分を隠して騙したくなかった。ひそひそと聞こえる話を恐れて放棄したら、一生後悔するだろうから。

　映像で不安を克服した人は、私だけではなかった。ユーチューブのチャンネル登録者が残したコメントは不思議で驚くほどだった。

「夢を諦めたことがあり、チドさんの気持ちを理解でき

ます。」

「黒い服だけ着ていたけど、明るい服にも挑戦してみました！」

「チドさんのおかげで私もダイエットをやめました。私の人生を取り戻してからすでに何ヶ月が経っています。」

「怖いけど挑戦してみようと思います。これから私を愛してあげようと思います。」

　私の映像を見て、一緒に泣いて笑って挑戦して克服する人々がいた。いつの間にか、ユーチューブチャンネルは、フォロワー数が15万を超えていて、私のチャンネルは私たちの冒険日誌になった。

　私は完璧ではない。最近もスランプを経験した。様々な理由があったが、特に再生回数とコメントに執着してしまい、登録者がもっと好むようなコンテンツを考えると結局ノックダウンしてしまった。日が経つにつれ、似たようなコンテンツを制作するクリエーターが増え、私のチャンネルが埋もれてしまうような気がした。人々に忘れられないか怖かったし、何週、何ヶ月と地団駄を踏み、悔しくて泣いてばかりいた。ユーチューブを始めた当時の目的がかすみ、再生回数に囚われてしまったのだ。

　私もスランプに陥り方向性が揺れる時が多々ある。結局、

私が願って進もうとした初心は、サイズ差別のない世の中を作ることで、この方向性だけを見ていれば、私は道を失わないような気がした。黙々とやっていけば、ある頂点に到達しているだろうと考えた。ただのユーチューブクリエーターになるではなく、何かを作り出すクリエーターになりたかった。

　そして私は、ファッションコンテンツ以外に、ボディポジティブを中心に映像を制作し、映像に人々を登場させる試みもしている。ユーチューブ以外の活動を企画し、これから多様な挑戦をしていくつもりだ。成長日記がどこまで続くか分からない。ただ、昨日もそうで今日もそうだったように、明日も私は自分の中の恐れを探して、黙々と見守ってあげるだろう。

Epilogue

私の体が最も楽な体重で過ごす人生について

「人生で特別な変曲点が来る瞬間、その人の細胞村にはオーロラが現れる。オーロラが現れると、しばらく未来とテレパシーのやりとりができる。」

　私が楽しんで読んでいるウェブ漫画『ユミたちの細胞』に出てくる内容である。ウェブトゥーンの主人公であるユミの頭の中（ウェブトゥーンでは細胞村として描かれる）には、人間の姿をした感情細胞たちが住んでいる。不安細胞、愛細胞、下心細胞、礼儀細胞、食欲細胞、自信感細胞など多様な感情細胞が登場し、各細胞はユミの考えと行動を決定する。ウェブトゥーン326話でユミは、人生のターニングポイントに立ち、不透明な未来に不安になる。その時、テレパシー細胞が登場し、未来のユミからもらったシグナル（メッセージ）を送る。未来のユミは成し遂げると。特別な人になると。

　あくまでも作家の想像の世界ではあるが、時には「未来から過去へシグナルを送る」という言葉が本当のように思える。もしかすると、過去に悲観的な考えがよぎっていた私に向かって、現在の私のテレパシー細胞が諦めるなと伝えたのではないだろうか。

　テレパシー細胞は、太り始めた11歳の私に「モデルという夢を諦めないで。未来に君は、国内第一号ナチュラル

サイズモデルになる。だから君が太っているという理由、たったそれひとつだけで絶対に諦めないで」と言ったかもしれない。

　バケットリストを書きながらダイエットを手放せなかった高校生の私に、「バケットリストを始めたのか。よくやった。今すぐに自分が達成できるか疑わしいし、漠然としているだろう。でも君は成し遂げる。君は特別な人に違いない。今君がやるべきことをして。きれいで痩せた姿よりも、もっと大きな大胆なものを夢見てよ。君が叶えられるのは、きれいな女性が全てではない。」

　低い自尊心のせいで恋愛に失敗した大学生の私に「つらくて大変だったよね？　大丈夫。自ら自尊心を奪わないで。最初の恋愛はすでに逃してしまったけど、その後自分を成長させてくれる他のかっこいい人たちが現れるから。常に君の人生の主人公は、君という事実を忘れないで。中心を見失わないで。人生の最優先は君だよ」と言い、慰めてくれたかもしれない。

　ダイエット強迫症と摂食障害になった私に「君の体はあんなにも君のために一生懸命に動いたのに、君は自分の体を憎んでいた。なぜ君は、君自身を愛することができないの？　自分を苦しめる行動はやめよう。痩せたら真の幸せな人生が始まるというのは間違っている。幸せは君の意志

にかかっている。君が幸せを選択すればいい。どんな姿でも堂々としよう。そして挑戦して達成してみよう、イスル」と述べて立ち上がらせたかもしれない。

　テレパシー細胞は、ナチュラルサイズモデルを始めてから目の前があまりにも真っ暗で未来が見えなかった私に、このように言ってくれたと思う。「突然、勉強だけしていた娘がモデルになると言って、親はとても驚いたのでは？大丈夫。時間が経つと、その誰よりも娘を自慢に思ってくれるから。君が行った活動は、誰かの夢となり慰労となりインスピレーションとなる。ユーチューブチャンネル登録者も15万人を超え、ファッションノウハウの映像は再生回数150万回を記録した。ファッションブランドとのコラボレーションで活動領域も広くなる。そして、君が直接ファッションショーまでも開くんだよ？　そのおかげで、有名なメディアのインタビューも行い、なんとタイム誌のインタビューまでやったんだ！　だから諦めないでお願い。もっといい日々が待っている。すぐ、君を分かってくれる人と出会える。今すぐに仕事が見つからなくて、未来が見えなくてつらいだろう。あと少しだけ耐えてみて。」

　私が危機に置かれるたびに、座り込みたいたびに、私の中で常にテレパシーが行き来した。ユーチューブで私の最

も大きな弱点でありコンプレックスである体を世の中に曝
け出し、ボディポジティブについて話そうとした時もそう
だった。

　「私一人が叫んで何が変わるのだろう？　他人の目には、
意味のない時間の浪費に見えるだろう。サイズ差別のない
世界。確かにいい言葉だ。そうなったら幸せだろう。でも
それが可能なのか？　私の周辺の人々が私をどう思うだろ
うか。雲をつかむような話をしないで、就活の準備でもし
なさい！」

　その時の私に、今の自分はこのような言葉でテレパシー
を送りたい。

　「時間の浪費ではなく挑戦なんだ。一度の勇気はさらに
火がつき、めらめらと燃えるにちがいない。君をよく知ら
ない人々のふざけた評価に耳を傾けないで。彼らに君を傷
つけられる権利を許してはだめ。正直、やってみなかった
ら後悔しそうでしょ。すぐに行動に移して。未来は変わっ
ている。なぜならもう一人ではないから。完璧な体という
終わりのないマラソンの群れの中から、徐々に離脱する人
たちが現れている。ありのままの自分と向き合い、コンプ

レックスだった姿まで抱きしめたいと思う人たちが増えている。私たちは前に進んでいる。だから最近は、サイズ差別のない世の中が、思ったよりすぐにやって来るだろうと考えている。正直、過去の君が心配したように、時には痩せていたら人生がより簡単だっただろうと揺れてしまう時もある。私もまた、完璧でないと認めている。でも、君の最初の決心が崩れないように、気をしっかり引き締めてもっと声を上げてみるよ。皆が少なくとも体のせいで夢を諦めず、いい加減な評価を受けずに平凡に暮らせる日が来るまで。だからお願い、君も諦めないで君だけの人生を過ごして。」

　私は今この瞬間も、自分の体が最も心地よくて自然な体重で生きている。

#プロアナ　#ケマルラ　シンドロームについて

*プロアナ（pro-anorexia）：拒食症を支持する人を意味する単語
*ケマルラ：ケ（とても）＋マルダ（痩せている）を合わせた作られた新造語

　私は「ボディポジティブ」のメッセージでサイズ差別の
ない世の中を作るために、モデル、ユーチューブ、ファッ
ションショー、コラム執筆、講演など多様な活動をしてい
る。活動中に出会う人たちと対話を交わすと、私たちの
社会が外見で優劣をつける「外見至上主義」「外見優越主
義」からゆっくりと抜け出していると感じられた。これか
ら体に対する観点が、自由で心地よくなると考えた。この
ように肯定的にだけ考えていた。

　そんな中、偶然目にした新聞記事で拒食症を支持する
人々を知った。激甚なダイエットをして拒食症になる話は
よく見たが、別名「ケマルラ人間」「プロアナ」になるた
めに拒食症を支持し食事を抜くことを楽しむ人たちの話は

初めてだった。

　ケマルラ人間には、女性と学生が圧倒的に多い。彼らは、痩せたがるという点において一般のダイエッターと共通点があるが、拒食症に憧れて痩せこけた体を羨望する点においては異なる。そして、普通のダイエット集団と混ざることを嫌う。

　彼らの行動は、一般の人たちの目にも非常識的に映る。極端な場合、暴食後、もっとうまく吐くために塩水を飲み、もっとしっかり食事を抜くためにカッターの刃で舌を切るという。SNSにきれいな芸能人やモデルの写真と一緒に「死ぬ前に一度はケマルラとして人生を過ごしてみたい」と文を書く。食べないという強い意志を見せるために、ツイッターでは公約をあげたりもする。もし食事を抜くことに失敗した場合、フォロワーの中からランダムで抽選し、商品券や高い化粧品をあげると言う。

　彼らの存在を知った後、私は衝撃を受けるよりも、共感と虚無感、残念な気持ちが交差した。痩せた体でなければ全て無意味で、役に立たないと思っていた自分の過去が思い浮かんだ。私たちは生まれた時からケマルラになりたかったのだろうか？　私の体を自害してまで痩せたいという欲望と、痩せたら幸せになれるという考えはどこから来たのだろうか。なぜ、ありのままの自分の姿を拒否して生

きていかなければいけないのだろうか。私は得体の知れない脅威的な何かに怒りを感じた。

　痩せるためには、今すぐ食事を抜き吐き出す生活が楽だということは分かる。慣れているから抜け出せないことも分かる。健康に悪いという事実を認めたくないことも、知らないふりをして目を背けたい気持ちも理解する。私もそうだったから。

　でも、もし痩せたいという欲望で苦痛を感じているならば話をしてみたい。「今、間違ったことをしているからやめなさい」と一言挟むわけでもなく、そうしたくもない。教えてあげるつもりでもなく、私の意見を強要するつもりもない。私はダイエット強迫を経験し、長いこと食事を抜き、食べては吐き出すという苦痛の時間を繰り返した末に、やっと日常を取り戻せた。ただ「私と似ている症状を経験したパク・イスルという人が、こんなことを思っているのか」くらいの気持ちで聞いてくれたらと思う。

　48kg。常に夢見ていた体重だった。「死ぬ前に一度くらいは、激痩せしてみよう」「人々からきれいと言われて、一握りのウエストも手に入れよう」「太ももの間がくっつかない細い脚も手に入れよう」と常に考えていた。言うまでもなく、高校生の時から書いていたバケットリストの最

初の目標は165cmの48kgだった。

　私自身に「何がしたい？」と聞いた時、人生をひっくるめて最も切実に願った夢は、ダイエットに成功することだった。ダイエットは私の人生の優先順位の中でも最も高い位置にあり、常に油断せずに努力しなければならない目標だった。そんな私が痩せた体に対する幻想を壊した二つの気づきがあった。

　一つ目の気づきは、ダイエットに成功する夢を見た後にやってきた。夢の中で私は、人々の憧れの眼差しを感じて幸せに包まれていた。しかし、すぐに満足できない部分が目立ち、私よりきれいな人を見ると不幸を感じた。妙な夢だった。夢から覚めた後、疑問に思った。たとえ私が48kgまで痩せたとしても、死んでも思い残すことのない幸せな人生を送れるのだろうか？　「私は100パーセント自分の姿に満足している！　やっと私は自分を愛せるようになった！　これで私は自分を愛することができる！」と一日で人生が本当に幸せになるのか悩んでみた。

　すると、他の考えが続けて思い浮かんだ。頬骨がコンプレックスだから頬骨を削ってみたいと思うだろうし、背ももっと高くしたいと思うだろう。全身に生えた毛もレイザー脱毛するだろうし、えくぼも作るだろうと思った。

　俳優のキム・テヒみたいになりたくて、頭からつま先までキム・テヒと全く同じように変わったと仮定してみた。夢にまでみたキム・テヒとそっくりになったら、一生幸せになれるだろうか？　むしろ一生不安の中で生きていくような気がした。偽のキム・テヒと指さされたらどうしようという恐怖、いつやってくるか分からない整形の副作用に対する恐怖、ここで少しでも太ったらどうしようと狂ってしまいそうな強迫。きりがなかった。

　「本当に48kgになったら、幸せになれると思う？　本当？　そうなるだけで？」

　再び私に聞いてみた。美しさの基準はしきりに変わり、流行する顔と施術も変わる。そして私もまた、流行を追っていくだろう。問題は、太ってから醜く見える私の体ではなく、私の精神であるという事実に気がついた。実際、私の心の中には私が存在しないのに、どうやって私だけの人生を過ごしていけるだろうか。完璧な美しさに対する虚無を感じた。

　二つ目の気づきは、バケットリストを書いていた時にやってきた。痩せてきれいになって、一体何を成し遂げた

いのかじっくり考えてみた。私は時々、ダイエットに成功する私の姿と状況を想像して書いていたが、想像の中では常に類似したレパートリーが反復した。想像の中の私は、痩せて次のようなものを手に入れた。

　ーイケメンの彼氏
　　（もしくは私が片想いをする相手から愛されること）
　ー人々から認められること
　ー親からの「きれいになった」という褒め言葉
　ーどんな服を着てもとても似合う
　ー美人コンテストに出て受賞
　ー幸せ
　ーきれいで賢くてイケている学生
　　（もしくはキャリアウーマン）

　いざ書いてみると虚しかった。私はダイエットのせいで抜け毛、顔と首のむくみ、うつ病、無気力感、対人恐怖、深刻な自己嫌悪、食べ物に対する拒否感、体が送る異常信号など副作用を経験し、正常な日常と遠ざかってしまった。どんな副作用が現れるか分からないことを気軽に試していた。私が副作用を甘受し健康を失ってまで努力したのに、きれいになった後も、私が手に入れたいものはたった

これだけなのか？　きれいでなければ達成できないものな
のか？　答えはすでに私の中にあった。とても虚しかった。
　その時から本質が見えた。本当に私が望んでいるのは、
私の成就と発展、認定と名誉、そして幸せだった。これら
を達成するために、きれいになりたかったのか。私が叶え
られる夢は、ただの「きれいな女性」一つではないと気が
ついた。痩せてきれいになり細くなること以上に、もっと
かっこいい夢を叶えて生きていくと決心した。今、この文
を読んでいるあなたにも聞いてみたい。単純に外見がきれ
いになることを望むのか、それとも私のように外見以外に
達成したい他の欲求があるのか。
　人間は、本能的に美しさを追求するという言葉がある。
美学が理由なく誕生した学問でないという事実も知ってい
る。私は決して、美しさに対する欲求を非難するわけでは
ない。真剣な人もいる反面、私のように他の欲求を投影す
る人もいるに違いない。真剣に悩んでみるといい。

　プロアナに対する視線はほとんど否定的だ。「プロアナ
は深刻な問題だ」「食事を抜くために刃で舌を切る」「思い
通りに食事を抜けなかったら、お金をかけてダイエットす
る」「痩せたいという欲求から拒食症を賞賛している」「食
べないことを自慢に思っている」など、痩せている体に対

して病的に執着しているとみなされている。

　しかし、私は少し異なる観点から見たいと思う。プロア
ナは本当に強い人だ。だから何をやってもできる人だ。そ
の意志と努力で、人生一発大きく当てる人だと考える。真
剣に。

　実際、ダイエット強迫と摂食障害まで経験するくらいな
ら、強い人であるに違いない。目標意識が明らかで完璧を
追求し、失敗したらどんな方法を使ってでも挽回し反省し、
また挑戦するという性格だろう。このような目標意識と執
念を持ちながら、できないことはないと考える。ダイエッ
トに失敗したから意志が弱いだって？　失敗したのにもか
かわらず、黙々と立ち上がり、再び始めて挑戦する意志の
方がもっとすばらしいと思う。

　だから、失敗ではない。充分に頑張っていると声をかけ
てあげたい。全て大丈夫。

正直な「私自身」と出会いたいのならば

　私がダイエットをやめた後から現在の日常で、健康なマインドをセッティングできた方法を詳しく紹介しようと思う。まさに瞑想だ。

　私もそうだったが人々は普通、瞑想に対して偏見や誤解を持っている。インチキ宗教、神秘主義、シャーマニズムなど瞑想をとりまく誤解と偏見が多い。もちろん、瞑想をよくない目的で実行する所もあるが、私が出会った瞑想は「今現在に留まること」が全てだ（私は変な施設や塾に通ったことはなく、ひとり家で瞑想をしてきたことを事前に述べる）。

　最も普遍的な瞑想方法はこうだ。静かな場所で楽な姿勢をとり、目を閉じて呼吸に集中する。吸う息が鼻から体のどこを通っているのか感じ、反対に息を吐く時は体からどのように出ていくのか呼吸だけに集中し、他の考えを消せ

ばいい。

　最近は息を吸う時、空気の代わりにぬくもりが私の体に広がると想像し、頭から足先まで伝達される感じを瞑想する。時には登山に行き、自然の音を聞き、私の肌に触れる感覚を感じ、「今この瞬間」に留まろうと努める。

　最初は多分、呼吸回数を数え集中しようとしても、無数の考えが続々と出てくるだろう。しかし、これは自然な反応である。ただ「あ、私にこんな考えが思い浮かんだのか」と放っておこう。そして自身を客観的に見つめた後、考え事を「しばらくさようなら〜」と送り出し、また呼吸に集中すればよい。

　瞑想について知り本格的に始めてから約一年が経った。瞑想をすると実際に感情の起伏が減り、私の感情がどこに位置しているのかすぐに分かるようになった。否定的な感情があがってくると、無視したり抑えるのではなく客観的に見つめ、以前より比較的つらさを感じずに過ぎ去ることができた。何よりも、瞑想を日々行いながら振り返ってみると、摂食障害と強迫症を克服していた当時、すでに私が瞑想を行っていたという事実に気がついた。より正確に言うと、鏡を通した瞑想を行っていた。

　ダイエットをやめた初期に、思いっきり食べようと決心

した時、実はとても不安だった。少しでも食べると罪責感が押し寄せ、のどがひりひりし吐き気がした。ある日は、どっと恐怖が押し寄せ、どれくらい太ったのか確認しようと鏡の前に立った。鏡に映った自分の姿は、気に入らないものだらけだったが、不安をはじめとする全ての否定的な感情を抑え無視しようとした。しかし、偶然にもこの瞬間、私が感じる感情を直視し、ありのままの姿に向き合わなければいけないと決意した。

「怒りと怖れを感じている。一体、何にそんなに怒り怖れているのか？」

その時から、私は鏡瞑想を始めた。真剣に鏡の中の自分の目を見つめ対話を交わした。すると、私も気づかなかった内面の奥深くの感情と考え事が続々と出てきた。これらは凄絶であり、とても醜くもあった。私の場合、太ることに対する焦りが「太り続けてしまって恋人ができなかったら？」「異性に愛されず嫌われてしまったら？」「結婚できなかったら？」という恐れに起因していると気がついた。私が思っているよりも、人生において愛と恋愛を重要に思っていると初めて気がついた。

このように鏡を通して私と向き合い、考え、前に進むこ

とで私の中に閉じこもっていた誤った偏見と考えから解放されることができた。人生は結婚が全てではないんだ、結婚を絶対しなければいけないと思わなければ、むしろ私が挑戦できることがさらに多様になるんだ、結婚が幸せへの道になるかもしれないけど、結婚しないことも幸せへの道かもしれない。

　私は結婚のように、特定の主題や対象に対して私が抱いていた気持ちや無意識を一つ一つ拾って気づいていった。鏡瞑想を通して、私の感情としっかりと向き合い、受け入れ、送り出す練習をした。

　瞑想をする前は、暴食で不安と否定的な感情をやめられなかったが、鏡瞑想をした後は不安に気づき、なぜ不安なのか自分に聞き、私の中に潜在していた多様な無意識を引っ張り出した。この方法をよく使うと、これ以上暴食のせいでつらいことはなく、食べ物に対するストレスも減った。本物の空腹による食欲よりも、ストレスによる偽物の食欲の方がより大きかったという点にも気がついた。

　内面との様々な対話は、ダイエットで留まっていた一日を、より少し多彩な挑戦で埋め尽くした。そのように事態が好転した。時には、とても聞くに耐えないほど、恥ずかしくふざけたような言葉を自分にかけてあげた。

「よしよし〜私のかわいいイスル、チキンを食べたの？
よくやった！　食べたい物食べても大丈夫！　これこそ人
間らしいんだから。イスルがやりたいこと全部やっちゃ
え！　分かった？」

　このように言ってみると、すぐに気分が良くなった。純
粋な味覚による喜びを知り、どうすればもっとちゃんと食
べられるか、何を食べたら私の体が幸せになり気分がよく
なるのか集中するようになった。
　最近は、瞑想をダイエットに限らず、人生全般の平穏と
安定感のために行っている。完璧な今この瞬間に、完全に
留まる時の喜びと嬉しさを、世界中の人々が分かってくれ
たらと思う。瞑想は、最も正直な素顔の私に出会う、最も
早い近道になるだろう。

ボディポジティブの限界

　私は「ボディポジティブ」をテーマに100人と出会い、インタビューするプロジェクト『私に出会う』を行っている。人々を私のスタジオに招き、楽しい雰囲気の中で彼らの本来の姿を引き出し撮影し、フォトショや補正なしの原本を渡す。

　撮影が終わった後には、ボディポジティブに関連した多様なテーマでインタビューをする。本人の身体コンプレックスは何か、今まで他人から言われた外見評価の中で最悪だったのは何か、「私らしさ」とは何かなど、内面にある本人に出会い、深く悩むからこそ答えられる質問を投げた。

　常に気になっていた。人々がボディポジティブというテーマに関心を持っているのは確かであり、社会的にも地道に問題視されている。しかしなぜ波及力は微々たるものなのか。人々に良い影響力を与えるには十分なメッセージ

なのに、なぜ話題だけで終わってしまうのか。

　私はこの質問の答えについてインタビューを通して知ることができた。「ボディポジティブという言葉を聞いた時、何を思うのか」と聞く質問だったが、驚くことに人々の答えは全く同じだった。

　「自身の体をありのまま愛すること。ボディポジティブに込められたメッセージは、本当にすばらしいと思います。私もそうしたいです。でも、正直に言うとあまりピンとこないです。私の体でコンプレックスだと思っていた部分を、どうやって一日で愛せるのでしょうか？」

　ごもっともだった。私もまた、コンプレックスを受容し愛するまで長い時間がかかった。さらには、今も時々「私がもっと痩せていたら人生楽だったかな？」と悩む不完全な存在だ。どんなに自身の姿をありのまま愛そうとしても、周辺には妨害する要素が相変わらず残っているので、意志が折れてしまい話題性が長く続かないのだ。

　このような環境の中、ボディポジティブを実践しようという言葉は、ただ人々の目と耳を閉じ「私の体はありのままで美しい」と呪いをかける言葉にしか聞こえないと思った。私は人々に質問した。なぜ本人の体を愛することがで

きないのか、なぜコンプレックスと思うのか。

「整形手術をすれば、人生が変わると誘惑する広告があまりにも多いです。整形手術をするつもりがないとしても、人生が変わったという体験談を読むと、なぜか自分の姿が十分ではないと思えると言ったらいいでしょうか。インスタグラムにも、きれいでかっこいい一般人が多いじゃないですか。私の姿と比べてしまうし、写真を見るだけでも萎縮してしまいます。世の中の人々は、日が経つにつれきれいになっていくのに、私だけ遅れている感じ……」

これ以外にも、外見がよければ恋愛、就業、キャリア、結婚、人間関係においてもっと多くの機会ができるという現実が、人々を劣等感の塊にさせた。美的な部分は、生活の質を高めるために必要条件であるはずも同然だった。しかし、人々の心の奥底に大きな傷を残したのは、他でもない愛する人、親しい友達、職場の同僚の口から出た見た目評価だった。

人々は賞賛だろうが陰口だろうが、自身が発した言葉についてあまり覚えていない。一方、言われた方はいつ、誰が、どんな状況でどんな言葉を言ったのかはっきりと覚えている。私がインタビューをした人々もそうだった。歳を

重ね多くの歳月が流れても、彼らは今でも「あの言葉」に
囚われたまま生きている。

　「全部、君を思って言っているんだよ。」

　彼らにとって傷となったほとんどの言葉は、心配と愛と
いうそれっぽいオブラートに包まれていた。しかしこの言
葉は、人々にとってはまるで「そのせいでお前は完璧では
ないが、それさえなくなればもっと認められて愛されるだ
ろう」のように聞こえただろう。その時から、欠点を他人
と比べて正そうとする努力のマラソンが始まったに違いな
い。

　私もまた、私にコンプレックスを与えた人々を覚えてい
る。私の顔がまん丸だ、ふくらはぎの筋肉がなぜこんなに
大きいのか、お前は女なのになぜ男の自分より肩が広いの
か、痩せたら付き合ってあげるという言葉。私にどんな状
況の中でどのように言ったのか鮮明に覚えている。彼らの
言葉のせいでダイエットはもちろんのこと、輪郭手術をし
ようか、ふくらはぎの筋肉を落とすボトックスを打つべき
か、毎日悩まなければいけなかった。彼らが作りあげたコ
ンプレックスだけ解決すれば、私はより良い完璧な人にな

れそうだったから。

　考えれば考えるほど皮肉である。なぜきれいになること
を「成長した」と表現するのだろうか？　体を定規で測っ
て優れた部位と劣った部位を区別し、劣った部位だけを正
せば、その時にこそ完全無欠な人になるのだろうか？　美
しさの尺度は、誰が決めるのだろうか？

　他人が決めた尺度で自分の体を削り痛みを感じる一方で、
自分の尺度を他人に提示したことがあるか振り返る必要が
ある。もしかすると、この本を読んでいるあなたが、少し
でもより良い環境を作れるのではないだろうか？　私たち
の体はお互いに異なるだけであり、順位付けされる肉の塊
ではないと、堂々と言えるのではないだろうか？

訳者あとがき

　著者のチドさんは、現在、韓国初のナチュラルサイズ（66〜77）モデルとして活躍し、ユーチューバーや講演など、韓国を中心に様々な活動をしています。ダイエットに縛られていた日々を克服し、自身のモデルという一つの夢に向かって進む姿は、多くの韓国人女性から支持されています。ファッションを通して体型の多様性や自分らしく生きる大切さを伝え、海外メディアでも注目されました。

　チドさんのエピソードを通して、体型に対する偏見や外見至上主義が私たちの日常で当たり前になってしまっていて、どのくらい大きな影響を及ぼすのか、改めて認識することができると思います。学生時代に太っているという理由だけでいじめを受け、大人になってもコンプレックスとして残ってしまったチドさんの話を読むと、美の基準や痩せている体型賞賛される社会について考えさせられます。摂食障害になってしまったチドさんが、自分の姿を受け入れ愛せるようになるまでの過程は、とてもつらい経験ではありますが、同時に自分の姿を愛し、やりたいことを成し遂げるための勇気を与えてくれます。

　私はこの本を初めて読んだ時、とてもびっくりしたのを覚えています。私自身も著者のチド（パク・イスル）さんが本書で書いたエピソードと全く同じような経験をしたことがあったからです。「見ない間に太ったね」「太い太ももが目立つ」など、

幼い頃から何回も言われた経験があります。その度に、傷つき、大人になっても体型はコンプレックスとして残ってしまいました。ですから、私は本書のストーリーに共感する点が多く、あっという間にこの本を読んでしまいました。

　私が本書の翻訳を希望した理由は、「私たち」のストーリーでもあると感じたからです。特に女性の方なら、一度は体型で悩んだことがあるのではないでしょうか。私は、本書のメッセージを日本でも伝えたいと強く思いました。

　実際に、韓国社会だけでなく、日本社会でも本書の内容と似たような傾向が見られると思います。例えば、テレビでは太っている人はお笑いの対象となり、ファッション雑誌ではダイエットを特集し、「痩せる＝かわいい」と無意識に思わせてしまうコンテンツで溢れています。日本でも、痩せている体型を憧れの対象のする社会的風潮が作られてしまい、さらにはこれらが当たり前になってしまって社会問題とみなされない風潮が作られてしまったように感じられます。

　このような中で、一度でも体型や自分らしい生き方について悩んだことがある方に、この本を手に取っていただきたいと思います。本書を通して、ボディポジティブのメッセージと多様な体型を受け入れる大切さに気づき、そして自分らしく生きる勇気を少しでも届けられたらと思います。

著者プロフィール

パク・イスル（チド）

　この世で一番の外見至上主義だった。どこへ行ってもその場で誰が一番きれいなのか、自身は何番目くらいなのか順位をつけていた。世界にはきれいな女性がとても多いため、韓国だけでもきれいな女性の枠に入ろうと、自身を締めつけ、食事を抜き、運動に励んだ。ダイエット成功を目標に大学を休学するほど、美しくなるためにものすごい情熱を燃やしていた。

　しかし、現在はダイエットをやめた状態。ダイエッターの代わりに「Nジョブラー」として野望に溢れ生きている。国内第一号ナチュラルサイズ（66〜77〔日本ではLとXLサイズ〕）モデル、登録者15万人を持つファッションユーチューバー、ボディポジティブ運動家、作家・講演家、レンタルスタジオ社長など、これからもかっこいい夢を叶え堂々と生きていくつもりだ。

　漢陽大学社会科学部で社会学を専攻した。社会学専攻らしく時間と場所に縛られずに言いたいことを述べ、コンテンツとして取り入れている。こんな姿を見て友達は、社会学専攻をアピールしないでと呆れる時もある。

Instagram : @cheedo_p
Social club : @homoludens_club
Youtube : 치도 CHEEDO
Blog : blog.naver.com/cheedo9494
e-mail : cheedo9494@naver.com

訳者プロフィール

梁　善実（ヤン・ソンシル）

　1995年生まれ。日本生まれ育った在日コリアン3世。早稲田大学国際教養学部を卒業後、同大学の大学院政治学研究科に進学し卒業。

ダイエットはやめた──私らしさを守るための決意

2023 年 1 月 10 日　初版第 1 刷発行

著　者　パク・イスル

訳　者　梁　　善　実

発行者　大　江　道　雅

発行所　株式会社　明石書店

〒101-0021 東京都千代田区外神田 6-9-5
電 話　03（5818）1171
FAX　03（5818）1174
振 替　00100-7-24505
https://www.akashi.co.jp/

装　丁　　　　明石書店デザイン室
印刷・製本　　モリモト印刷株式会社

（定価はカバーに表示してあります）　　　　　ISBN 978-4-7503-5491-0